静山社ペガサス文庫

ルイスと不思議《ふしぎ》の時計《とけい》 2

闇《やみ》にひそむ影《かげ》

ジョン・ベレアーズ 作　三辺律子 訳

ドン・ウィルコックス、デイヴィッド・ウォルターズ、
ジョナサン・グランディーンに捧ぐ

ずっと真の友でいてくれた友人たちへ。

もくじ

主《おも》な登場人物《とうじょうじんぶつ》

ルイス・バーナヴェルト

両親《りょうしん》を自動車事故《じどうしゃじこ》で亡《な》くし、おじと暮《く》らしている少年《しょうねん》。

ジョナサン・バーナベルト

ルイスのおじ。魔法使《まほうつか》いだが、少《すこ》したよりない。

ツィマーマン夫人《ふじん》

ジョナサンのおとなりに住《す》んでいる、しっかり者《もの》の魔女《まじょ》。

ローズ・リタ・ポッティンガー

ルイスの親友《しんゆう》。おてんばな女《おんな》の子《こ》。

ウォルター・フィンザー

ジョナサンのおじいさんの知人《ちじん》。

第《だい》1章《しょう》　悲《かな》しい気《き》持《も》ち

ルイス・バーナヴェルトは校庭《こうてい》のはしっこに立《た》って、大《おお》きな男子生徒同士《だんしせいとどうし》がけんかしているのを見《み》ていた。

まさに決闘《けっとう》だった。トム・ルッツとデーヴ・シェレンバーガーは、ルイスの学校《がっこう》を牛耳《ぎゅうじ》っている。いつもは、二人《ふたり》でほかの子《こ》たちを片《かた》っぱしからたたきのめしてたが、今《いま》はその二人《ふたり》がとことんやりあっていた。おかしいかもしれないけれど、ルイスは古典《こてん》マンガ・シリーズで読《よ》んだ『イリアス』の神々《かみがみ》と英雄《えいゆう》たちの戦《たたか》いを思《おも》いだしていた。

「これでも食《く》らえ！」トムが砂利《じゃり》をつかみとって、デーヴの顔《かお》に投《な》げつけた。デーヴはトムにつかみかかり、二人《ふたり》はけったりひっかいたり汚《きたな》い言葉《ことば》でののしりあったりしながら地面《じめん》のうえをごろごろ転《ころ》げまわった。そのままこっちへきたら大変《たいへん》と、ルイスは学校《がっこう》ととなりの監督教会《かんとくきょうかい》のあいだを抜《ぬ》ける薄暗《うすぐら》い路地《ろじ》のほうへあとずさりした。

いつもだったら、こんなけんかのそばには近《ちか》よりもしなかっただろう。ルイスは太《ふと》っていて、顔《かお》はお月《つき》さまみたいにまんまるだった。茶色《ちゃいろ》のセーターとぶかぶかのコーデュロイのズボンを着《き》ている姿《すがた》は、風船《ふうせん》そっくりだ。すくなくとも、マッティおばがむかしそう言《い》って以来《いらい》、風船《ふうせん》という言葉《ことば》はルイスの心《こころ》に刻《きざ》みこまれた。ルイスの手《て》はやわらかく丸々《まるまる》としていて、紙《かみ》やすりでこすったってタコひとつできそうにない。腕《うで》に力《ちから》を入《い》れても、力《ちから》こぶすらできない。ルイスはけんかがこわかったし、殴《なぐ》られるのもこわかった。

だったら、なぜ学校《がっこう》でも一《いち》、二《に》を争《あらそ》う乱暴者《らんぼうもの》が殴《なぐ》りあっているのを、つったってながめているのか？　それは、校庭《こうてい》に出《で》る裏口《うらぐち》がここにあるからだ。ローズ・リタに、裏口《うらぐち》の横《よこ》で待《ま》ちあわせね、と言《い》われたのだ。ローズ・リタは言《い》ったことは、実行《じっこう》しないと気《き》がすまない。ローズ・リタ・ポッティンガーはルイスの親友《しんゆう》だった。今日《きょう》は六年生《ねんせい》の担任《たんにん》のハガーティ先生《せんせい》に口答《くちごた》えしたせいで、居残《いのこ》りさせられている。ローズ・リタはルイスより一歳年上《さいとしうえ》だったけれど、いいことにルイスとおなじ学年《がくねん》だった。

ルイスは暗《くら》い路地《ろじ》をいったりきたりした。いったいローズ・リタはどうしちゃったんだろう？　けんかはまだ続《つづ》いている。ルイスの不安《ふあん》は募《つの》った。もしあいつらが殴《なぐ》りあうのにあきて、ぼくを殴《なぐ》ることにしたら？

「あ、ルイス！」

ルイスはびくんとしてふりむいた。ローズ・リタだった。

ローズ・リタはルイスより頭《あたま》ひとつぶん大《おお》きくて、メガネをかけていた。黒《くろ》くて長《なが》い髪《かみ》はよれよれで、黒《くろ》いビロードに象牙色《ぞうげいろ》の飾《かざ》りボタンがついたベレー帽《ぼう》をかぶっている。帽《ぼう》子《し》には、ケロッグのシリアルのおまけでもらえるようなマンガのキャラクターのついたボタンがいっぱいついていた。ローズ・リタはいつもこのベレー帽《ぼう》をかぶっている。

「やあ」ルイスは言《い》った。「ひどいめにあったの？」

ローズ・リタは肩《かた》をすくめた。「そうでもない。さあ、帰《かえ》ろう。早《はや》く家《いえ》に帰《かえ》って、このばかみたいな服《ふく》をぬぎたいの」

いかにもローズ・リタらしかった。学校《がっこう》には規則《きそく》だからスカートとブラウスでいっているけれど、学校《がっこう》を出《で》るが早《はや》いか一目散《いちもくさん》に家《いえ》へ帰《かえ》って、ジーンズとスウェットに着《き》がえる。ローズ・リタはおてんばだった。釣《つ》りとか木登《きのぼ》りとか野球《やきゅう》とか、男《おとこ》の子《こ》がやりたがるようなことばかりやりたがる。そのどれもルイスは得意《とくい》ではなかったけれど、ローズ・リタといると楽《たの》しかったし、ローズ・リタもルイスといるのが好《す》きだった。二人《ふたり》が仲《なか》よくなったのは四月《がつ》で、今《いま》は九月《がつ》だ。

帰《かえ》り道《みち》の路地《ろじ》で、ローズ・リタはルイスが左手《ひだりて》に紙袋《かみぶくろ》を持《も》っているのに気《き》づいた。

「なにが入《はい》ってるの？」ローズ・リタはきいた。

「シャーロック・ホームズの帽子《ぼうし》だよ」

「そう」ローズ・リタも、シャーロック・ホームズの帽子《ぼうし》のことは知《し》っていた。ルイスのおじが独立記念日《どくりつきねんび》にプレゼントしたものだ。でも、まだよくわからなかった。「どうして袋《ふくろ》に入《い》れてんの？」

「中心街《ちゅうしんがい》にいったらかぶるんだ。でも、ほかの子《こ》たちがいないことをたしかめてからかぶりたいんだ」

ローズ・リタはまじまじとルイスを見《み》た。「つまり、帽子《ぼうし》を急《いそ》いで出《だ》してかぶって、またすぐに袋《ふくろ》にしまいこむってこと？」

「うん」ルイスは恥《は》ずかしくなった。

ローズ・リタはますますわけがわからなくなったようだった。「ふうん、そんなにこわいんなら、どうして中心街《ちゅうしんがい》でかぶるわけ？　あんないっぱい人《ひと》がいそうなところで？　みんなに見《み》られるじゃない」

「わかってるよ」ルイスは頑固《がんこ》に言《い》いはった。「でも、大人《おとな》に帽子《ぼうし》を見《み》られるぶんにはかまわないんだ。どこかのいばりくさった子《こ》どもにとられるのがいやなんだよ」

ローズ・リタはルイスがかわいそうになってほほえんだ。ルイスがいつもいじめっ子《こ》にやられているのを知《し》っていたからだ。「わかった、いいわよ」ローズ・リタは言《い》った。「あんたの帽子《ぼうし》なんだから。いこう」

二人《ふたり》は路地《ろじ》をくだって、一ブロック先《さき》の中心街《ちゅうしんがい》へ向《む》かった。ローズ・リタとルイスの住《す》んでいる町《まち》は小《ちい》さくて、中心街《ちゅうしんがい》もたった三ブロックしかない。ドラッグ・ストアと安売《やすう》り店《てん》と洋服屋《ようふくや》と飲食店《いんしょくてん》とバーが何軒《なんけん》かある。〈クレスギ雑貨店《ざっかてん》〉までくると、ルイスは足《あし》をとめて、急《いそ》いであたりを見《み》まわした。

「もうだいじょうぶだよね、ローズ・リタ？　子《こ》どもはいないよね」ルイスは袋《ふくろ》の口《くち》をガサガサいわせはじめた。

ローズ・リタはかっとなった。「かんべんしてよ、ルイス！　ばかばかしい！　いい？

わたしはこの店《みせ》でエンピツとか紙《かみ》を買《か》わなきゃいけないの。それから帰《かえ》って着《き》がえるんだから。おじさんの家《いえ》で会《あ》うことにしましょ。いいわね？」

ローズ・リタはルイスが返事《へんじ》するまもなく、いってしまった。ルイスはローズ・リタに少《すこ》し腹《はら》を立《た》てていたけれど、同時《どうじ》にばかなことをしたと思《おも》った。ルイスはもう一度《いちど》まわりを見《み》まわした。いじめっ子《こ》がくるけはいはない。よし。ルイスは帽子《ぼうし》を出《だ》してかぶった。

帽子《ぼうし》はほんとうにかっこよかった。緑《みどり》の格子縞《こうしじま》で前《まえ》とうしろに固《かた》いつばがついて、耳《みみ》あてがてっぺんで結《むす》べるようになっている。帽子《ぼうし》をかぶると、ロンドンの霧《きり》のなかで悪者《わるもの》を尾行《びこう》しているシャーロック・ホームズみたいに、勇敢《ゆうかん》で賢《かしこ》くなったような気《き》がした。ルイスはもう一度《いちど》ふりむいた。三ブロック先《さき》の北軍陸海軍軍人会館《ほくぐんりくかいぐんぐんじんかいかん》までかぶることにしよう。そんな短《みじか》い距離《きょり》なら、だれも手《て》は出《だ》せないだろう。

ルイスはうつむいて、歩道《ほどう》をちらちら見《み》ながら歩《ある》いていった。大人《おとな》が何人《なんにん》か、すれちがいざまにふりかえってじろじろ見《み》たけれど、ルイスはちらりとそちらを見《み》ただけで気《き》づかないふりをした。おかしなことに、ルイスは帽子《ぼうし》に対《たい》してまったくちがうふたつの思《おも》いを抱《かか》えていた。帽子《ぼうし》をかぶると、ほこらしい一方《いっぽう》で、なぜか恥《は》ずかしかった。軍人会館《ぐんじんかいかん》に着《つ》いたら、ほっとしそうだ。

ちょうど〈ヒームソス・ドラッグ・ストア〉の前《まえ》を過《す》ぎたとき、皮肉《ひにく》たっぷりにこう言《い》う声《こえ》がした。「へえー！　おれもあんな帽子《ぼうし》がかぶってみたいよ！」

ルイスはぴたりと立《た》ちどまった。ウッディ・ミンゴだ。

ルイスはウッディのことを死《し》ぬほど恐《おそ》れていた。あのデーヴ・シェレンバーガーやトム・ルッツでも、相手《あいて》がウッディだったら二《に》の足《あし》を踏《ふ》むだろう。ウッディは大《おお》きいわけでも強《つよ》いわけでもない。針金《はりがね》みたいに細《ほそ》い体《からだ》をしている。けれども乱暴《らんぼう》で、ジャックナイフをポケットに入《い》れて持《も》ちあるいていた。じっさいそれでほかの子《こ》をおどしたという話《はなし》はいくつもあった。

ルイスはあとずさりした。体《からだ》のなかを冷《つめ》たい風《かぜ》が吹《ふ》きぬける。「かんべんしてよ、ウッディ」ルイスは言《い》った。「ぼくはなんにもしてないよ。ほっといてくれ」

ウッディはクスクス笑《わら》った。「帽子《ぼうし》を見《み》せろ」そう言《い》って、ウッディは手《て》を伸《の》ばした。

「かならず返《かえ》してくれる？」

「もちろんさ、約束《やくそく》するよ」

ルイスの心《こころ》は沈《しず》んだ。こういう口調《くちょう》はおなじみだった。もう二度《にど》と帽子《ぼうし》を目《め》にすることはないだろう。ルイスはまわりを見《み》まわして、助《たす》けてくれそうな大人《おとな》を探《さが》した。だめだ。だれもいない。このあたりは中心街《ちゅうしんがい》のはずれで、日曜日《にちようび》の朝《あさ》みたいにがらんとしていた。

「ほら、帽子《ぼうし》を見《み》せろって言《い》ってんだよ」ウッディの声《こえ》がいらいらしてきた。ルイスの目《め》に涙《なみだ》が浮《う》かんだ。逃《に》げようか？　でも逃《に》げたとしても、そんなに遠《とお》くまでいけないだろう。たいていの太《ふと》った子《こ》どもとおなじで、ルイスも足《あし》が速《はや》くなかった。すぐに息《いき》ぎれがして、横《よこ》っぱらが痛《いた》くなる。ウッディにつかまって帽子《ぼうし》をとられ、みじめになるまでさんざん肩《かた》をバシバシ叩《たた》かれるのが落《お》ちだ。ルイスはがっくりして、帽子《ぼうし》をぬいでウッディに渡《わた》した。

さっきとおなじいじわるな笑《え》みを浮《う》かべながら、ウッディは帽子《ぼうし》をひっくりかえした。そして頭《あたま》にかぶって、つばを直《なお》した。

「さあてと、映画《えいが》に出《で》てくるシャーロック・ホームズみたいだろ。じゃあな、でぶ。帽子《ぼうし》はもらっとく」ウッディは背《せ》を向《む》けて、ぶらぶらと歩《ある》きだした。

ルイスは立《た》ったまま、ウッディのうしろ姿《すがた》を見《み》ていた。胃《い》がむかむかする。涙《なみだ》がぼろぼろ流《なが》れ、ぎゅっと握《にぎ》ったこぶしは震《ふる》えていた。

「ぼくの帽子《ぼうし》を返《かえ》せ！」ルイスは叫《さけ》んだ。「おまわりさんに言《い》ってやる。そうしたら、牢屋《ろうや》に入《い》れられて百年間《ねんかん》出《で》てこられないぞ！」

ウッディは返事《へんじ》をしなかった。ふんぞりかえってのうのうと歩《ある》いていく。ルイスになにもできないのがわかっているのだ。

ルイスは泣《な》きじゃくりながら、通《とお》りをあてもなくふらふらと歩《ある》いた。涙《なみだ》をぬぐってあたりを見《み》まわすと、いつのまにか中心街《ちゅうしんがい》の東《ひがし》のはずれにあるイースト・エンド公園《こうえん》まできていた。公園《こうえん》はとても小《ちい》さくて、ベンチが数脚《すうきゃく》と小《ちい》さな鉄《てつ》の柵《さく》のついた花《か》だんがあるだけだった。ルイスはベンチにすわって、涙《なみだ》をふいた。それから、もうひと泣《な》きした。どうしてほかの子《こ》みたいに強《つよ》く生《う》まれなかったんだろう？　なんでみんなにいじめられなきゃならないんだ？　こんなの不公平《ふこうへい》だ。

ルイスはずいぶん長《なが》いあいだそのベンチにすわっていたが、いきなり立《た》ちあがって、ポケットに手《て》をつっこむと、時計《とけい》をひっぱりだした。遅刻《ちこく》だ！　今夜《こんや》はローズ・リタを食事《しょくじ》に呼《よ》んで、家《いえ》で待《ま》ちあわせていたんだ。もちろん、ローズ・リタはまず自分《じぶん》の家《いえ》に帰《かえ》って着《き》がえなくてはならない。でも、ローズ・リタはなにをやるのもすばやい。今《いま》ごろ、もう玄関先《げんかんさき》ですわって待《ま》っているにちがいない。ルイスはあわてて家《いえ》に向《む》かって早足《はやあし》で歩《ある》きだした。

ハイ・ストリート一〇〇《ひゃく》番地《ばんち》の自分《じぶん》の家《いえ》に着《つ》いたころには、すっかり息《いき》が切《き》れていた。案《あん》の定《じょう》、ローズ・リタはもうきていて、緑《みどり》の縞《しま》のブランコ椅子《いす》におじさんといっしょにこしかけて、二人《ふたり》でシャボン玉《だま》を吹《ふ》いていた。

ジョナサンおじは、手《て》に持《も》った海砲石《ミアシャム》のパイプにふうっと息《いき》を吹《ふ》きこんだ。シャボン玉《だま》がふくらみはじめた。どんどん大《おお》きくなって、グレープフルーツぐらいになると、玉《たま》はすっとパイプからはなれ、ふわふわと庭《にわ》をただよってルイスのほうへきた。そしてルイスの顔《かお》の七、八センチ手前《てまえ》でとまると、ゆっくりと回転《かいてん》しはじめた。まるい表面《ひょうめん》にローズ・リタと、前庭《まえにわ》のクリの木《き》と、自分《じぶん》と、自分《じぶん》のすんでいる石造《いしづく》りの屋敷《やしき》と、赤《あか》いひげを生《は》やしたジョナサンおじの笑顔《えがお》が映《うつ》っている。

ルイスはジョナサンおじが大好《だいす》きだった。ジョナサンおじと暮《く》らしはじめてから、もう一年《ねん》とちょっとになる。そのまえは、両親《りょうしん》といっしょにミルウォーキーで暮《く》らしていた。

ところが、おとうさんとおかあさんはある晩《ばん》、自動車事故《じどうしゃじこ》で亡《な》くなってしまったのだ。それで一九四八年《ねん》の夏《なつ》、ルイスはジョナサンおじと暮《く》らすためにミシガン州《しゅう》の町《まち》ニュー・ゼベダイにやってきたのだった。

シャボン玉《だま》がポンとはじけ、ルイスの顔《かお》になにかがついた。ルイスが手《て》でぬぐうと、ひげそり用石《ようせっ》けんの泡《あわ》だった。紫色《むらさきいろ》の泡《あわ》だ。

ローズ・リタとジョナサンは笑《わら》った。ジョナサンのちょっとした魔《ま》法《ほう》の技《わざ》のひとつだ。ジョナサンは魔《ま》法《ほう》を使《つか》うことができた。ジョナサンは魔法使《まほうつか》い——ふしぎな力《ちから》を持《も》った正真正銘《しょうしんしょうめい》の魔法使《まほうつか》いだったのだ。ローズ・リタはルイスと友《とも》だちになったのとほとんど同時《どうじ》に、ジョナサンの魔《ま》法《ほう》の力《ちから》に気《き》づいた。けれども、ほんのちょっとだっておろおろしたりしなかった。まるであたりまえだとでも言《い》うように、受《う》けいれたのだ。ルイスは一度《いちど》か二度《に》、ローズ・リタがジョナサンに面《めん》と向《む》かって、もしおじさんが魔法使《まほうつか》いじゃなくても好《す》きだったと思《おも》うわ、と言《い》っているのを聞《き》いたことがあった。

ルイスがひげそり泡《あわ》の魔法《まほう》ににやにや笑《わら》っていると、聞《き》きなれた声《こえ》がした。「ルイス！きまってるじゃない！」

ルイスは顔《かお》をあげた。ツィマーマン夫人《ふじん》がラベンダー色《いろ》のふきんでお皿《さら》をふきながら、玄関先《げんかんさき》に出《で》てきた。ツィマーマン夫人《ふじん》はとなりに住《す》んでいたけれど、バーナヴェルト家《け》の一員《いちいん》も同然《どうぜん》といってよかった。とてもふしぎなひとだった。ひとつには、異常《いじょう》に紫色《むらさきいろ》が好《す》きだったからだ。ともかく紫色《むらさきいろ》なら、春先《はるさき》に咲《さ》くスミレからクリ色《いろ》がかったポンティアック車《しゃ》までなんでも好《す》きなのだ。それから、ツィマーマン夫人《ふじん》は魔女《まじょ》だった。魔女《まじょ》といっても、黒《くろ》い帽子《ぼうし》とほうきを持《も》って、おそろしげな笑《え》みを浮《う》かべた悪《わる》い魔女《まじょ》ではない。優《やさ》しくて親《した》しみやすいおとなりさんの魔女《まじょ》だった。ジョナサンみたいにしょっちゅう魔法《まほう》を使《つか》って見《み》せたりしなかったけれど、ほんとうはおじさんより力《ちから》のある魔法使《まほうつか》いだということをルイスは知《し》っていた。

ルイスは残《のこ》っていたひげそりの泡《あわ》をぬぐった。「ちっともきまっちゃいないよ、ツィマーマン夫人《ふじん》！」ルイスは叫《さけ》んだ。「そう思《おも》うのは、自分《じぶん》が紫《むらさき》ならなんでも好《す》きだからじゃない!?」

ツィマーマン夫人《ふじん》はクックックッと笑《わら》った。「まあ、そうかもしれませんね。けど、どっちにしたって、なかなかのものですよ。さあ、なかに入《はい》って洗《あら》ってらっしゃい。夕《ゆう》ごはんができてますよ」

ルイスは食卓《しょくたく》についたとたん、ほんとうはとても悲《かな》しい気持《きも》ちだったことを思《おも》いだした。

「ああ、帽子《ぼうし》のことをすっかり忘《わす》れてた」ルイスは言《い》った。

ローズ・リタがルイスのほうを見《み》た。「そうだ、帽子《ぼうし》はどうしたの？　けっきょく街中《まちなか》でかぶったわけ？　それともやめたの？」

ルイスはテーブルクロスをじっと見《み》つめた。「ウッディ・ミンゴにとられた」

ローズ・リタの顔《かお》から笑《え》みが消《き》えた。「かわいそうに、ルイス」ローズ・リタは心《こころ》の底《そこ》から言《い》った。

ジョナサンはふうっと大《おお》きなため息《いき》をついて、ナイフとフォークを置《お》いた。「外《そと》でかぶっちゃだめだって言《い》ったろう、ルイス。あの帽子《ぼうし》はちょっと家《いえ》のまわりでかぶって遊《あそ》ぶようなものなんだ。子《こ》どもっていうのがどんなか知《し》っとるだろう？」

「うん、知《し》ってるよ」ルイスは悲《かな》しそうに言《い》った。そしてマッシュポテトをほおばると、憂鬱《ゆううつ》そうに口《くち》をもぐもぐさせた。

「なんて卑怯《ひきょう》なの」ローズ・リタは腹《はら》を立《た》てて言《い》った。「わたしがいっしょにいたら、そんなことにならなかったかもしれないのに」

ある意味《いみ》で、ローズ・リタが言《い》ったことはますますルイスの気分《きぶん》を暗《くら》くした。男の子《おとこのこ》っていうのは女の子《おんなのこ》を守《まも》るもので、逆《ぎゃく》ではいけないような気《き》がしたのだ。

「自分《じぶん》の身《み》くらい自分《じぶん》で守《まも》れるよ」ルイスは口《くち》のなかでもごもごと言《い》った。

それからしばらくのあいだ、しーんとしたなかで食事《しょくじ》は進《すす》められた。みんなだまって自分《じぶん》のお皿《さら》を見《み》つめ、だまって口《くち》を動《うご》かした。暗《くら》い雰囲気《ふんいき》がまるで霧《きり》のようにテーブルをおおった。

ジョナサンもみんなとおなじようにテーブルクロスを見《み》つめてすわっていた。ただちがうのは、頭《あたま》を働《はたら》かせていたことだ。脳《のう》みそをフル回転《かいてん》させて、みんなを元気《げんき》づけるようななにかを、ひねりだそうとしていた。とつぜん、ジョナサンはこぶしでテーブルをどんと叩《たた》いた。お皿《さら》がガチャンと鳴《な》って、砂糖入《さとうい》れのふたがすっ飛《と》んだ。みんないっせいに顔《かお》をあげた。

「いったいどうしたっていうんです?」ツィマーマン夫人《ふじん》が言《い》った。「アリでもいたんですか？」

「そんなことじゃないさ」ジョナサンはにやにやしながら言《い》った。そしてみんなが自分《じぶん》に注目《ちゅうもく》しているのをたしかめると、両手《りょうて》を広《ひろ》げて空《そら》を見《み》つめた。「ルイス？」ジョナサンが言《い》った。

「なに、ジョナサンおじさん？」

ジョナサンの目《め》はまだ空《そら》を見《み》つめていたけれど、笑《え》みはさらに広《ひろ》がった。「バーナヴェルトのおじいさんのトランクになにが入《はい》ってるか、見《み》てみるっていうのはどうだい？」

第《だい》2章《しょう》　真夜中《まよなか》にきた手紙《てがみ》

　ルイスはあんぐりと口《くち》を開《あ》けた。バーナヴェルトのおじいさんのトランクというのは大《おお》きな重《おも》い衣装箱《いしょうばこ》で、ジョナサンのベッドの足《あし》もとにかぎをかけて置《お》いてあった。ジョナサンが言《い》うには、もう二十年以上《ねんいじょう》もそのままだそうで、ルイスはいつも、ちょっとでいいからなかをのぞかせてとせがんでいた。とうとうそのチャンスがめぐってきたのだ。ルイスはすわったまま飛《と》びはねたい気分《きぶん》だった。ローズ・リタも興奮《こうふん》しているのがわかった。

「やったー、ジョナサンおじさん！」ルイスは歓声《かんせい》をあげた。「わーい、すごいぞ！」

「ほんと！」ローズ・リタも言《い》った。

「ええ、ほんとですよ」ツィマーマン夫人《ふじん》がさらに言《い》った。「わたしはなんにでも鼻《はな》をつっこみたがる、驚《おどろ》くのが大好《だいす》きなおばあさんですからね」

「おっしゃるとおり、そこの縮《ちぢ》れっ毛《け》のばあさん！」とジョナサン。「なんでも鼻《はな》をつっこみたがるっていうのがね。さあてと、みなさま、先《さき》にアイスクリームとクッキーを食《た》べるかね？　それとも衣装箱《いしょうばこ》を開《あ》けてからにするかい？　先《さき》に衣装箱《いしょうばこ》を開《あ》けたい人《ひと》は手《て》をあげて」

ルイスとローズ・リタは手《て》をあげようとして、はっとクッキーはツィマーマン夫人《ふじん》の手《て》作《づく》りだということを思《おも》いだした。デザートをあとまわしにするほうに手《て》をあげたら、ツィマーマン夫人《ふじん》が傷《きず》つくかもしれない。二人《ふたり》はさっと手《て》を引《ひ》っこめた。

ツィマーマン夫人《ふじん》はきらりと光《ひか》る目《め》で二人《ふたり》を見《み》て、すっと手《て》をあげた。「先生《せんせい》、よろしいですか？」ツィマーマン夫人《ふじん》はめそめそした小《ちい》さな声《こえ》で言《い》った。

「ああ、言《い》ってごらん」ジョナサンはにやっと笑《わら》って言《い》った。

「今《いま》すぐいっしょにうえへいって、衣装箱《いしょうばこ》を下《お》ろすのを手《て》つだってくれなかったら、おまえさんをエンピツの削《けず》りかすでいっぱいのゴミ箱《ばこ》にしちまいますよ。わかりましたか？」

「了解《りょうかい》！」ジョナサンが敬礼《けいれい》して言《い》った。そして二人《ふたり》は衣装箱《いしょうばこ》を取《と》りに二階《かい》へあがっていった。

ルイスとローズ・リタは書斎《しょさい》へいった。なかをぶらぶらしながら、本《ほん》をパラパラとめくったり、書《か》きもの机《づくえ》のうえにたまったほこりに絵《え》を描《か》いたりしているうちに、ドアがバタンと閉《し》まる音《おと》とものがぶつかる音《おと》が聞《き》こえはじめた。大《おお》きな叫《さけ》び声《ごえ》（ジョナサンだ）がして、そのあとにくぐもったののしり声《ごえ》が続《つづ》いた。その末《すえ》にようやくトランクが到着《とうちゃく》した。ジョナサンは箱《はこ》の片側《かたがわ》を片手《かたて》で持《も》ち、もう片方《かたほう》の手《て》をぎゅっと握《にぎ》って口《くち》で吸《す》っていた。せまい角《かど》を曲《ま》がろうとしてすりむいたのだ。

「さあ、着《つ》きましたよ！」ツィマーマン夫人《ふじん》が言《い》った。ツィマーマン夫人《ふじん》は箱《はこ》を下《お》ろすと、紫《むらさき》のハンカチで顔《かお》の汗《あせ》をぬぐった。「あなたのおじいさんはなにをしまってるんです、ジョナサン？　大砲《たいほう》の弾《たま》かしら？」

「そんなところさ」ジョナサンは言《い》った。「まあ、かぎがあればすぐに……フム、かぎはどこへやったかな？」ジョナサンはもしゃもしゃの赤《あか》ひげをポリポリかいて、天井《てんじょう》を見《み》つめた。

「まさかなくしたんじゃないでしょうね！」ツィマーマン夫人《ふじん》がかっとなって言《い》った。

「いやいや、なくしちゃいないよ。ただどこにあるか思《おも》いだせないだけだ。ちょっと待《ま》ってくれ」ジョナサンは部屋《へや》を出《で》ていき、また二階《かい》にあがっていく足音《あしおと》が聞《き》こえた。

「なくなっていないといいけど」ものごとがうまくいかないとわかると、たちまちしょんぼりするルイスが言《い》った。

「だいじょうぶですよ」ツィマーマン夫人《ふじん》がなぐさめた。「最悪《さいあく》の場合《ばあい》、バーナヴェルトのおじいさんが南北戦争《なんぼくせんそう》で使《つか》った銃《じゅう》で錠《じょう》を吹《ふ》きとばしてもらえばいいんですから――まあ、もちろん銃《じゅう》がほかのものといっしょにトランクに入《はい》っていなければですけどね」

ジョナサンが二階《かい》でかぎを探《さが》しているあいだ、ルイスとローズ・リタは古《ふる》いトランクの外側《そとがわ》をじっくりと調《しら》べることができた。山型《やまがた》のふたのせいで海賊《かいぞく》の宝箱《たからばこ》みたいだけれど、じっさいは蒸気船用《じょうきせんよう》トランクだった。むかし船旅《ふなたび》に出《で》るひとが持《も》っていったスーツケースのようなものだ。トランクは木製《もくせい》で、ワニ革《がわ》でおおわれていた。ふたに飾《かざ》りの銅板《どうばん》が三本《ぼん》、釘《くぎ》で打《う》ちつけられている。銅《どう》は長《なが》い年月《ねんげつ》を経《へ》てあざやかな緑色《みどりいろ》に変《か》わっていた。かぎ板《ばん》も銅製《どうせい》で、赤《あか》ん坊《ぼう》の顔《かお》のかたちをしている。赤《あか》ん坊《ぼう》の口《くち》がかぎ穴《あな》だった。

おそろしく長《なが》い時間《じかん》がたったと思《おも》われたとき、ようやくジョナサンがもどってきた。ジョナサンの手《て》にはボール紙《がみ》の札《ふだ》のぶらさがった小《ち》さな鉄《てつ》のかぎが握《にぎ》られていた。

「どこにあったんです？」ツィマーマン夫人《ふじん》がきいた。ツィマーマン夫人《ふじん》はいっしょうけんめい笑《わら》いをこらえていた。

「どこだって？」ジョナサンはかみつくように言《い》った。「どこにあったかだって？　おまえさんが思《おも》っている、まさにその場所《ばしょ》だよ！　インディアンの顔《かお》が刻《きざ》まれたコインがぎっしり詰《つ》まった花《か》びんの底《そこ》さ」ジョナサンはひざまずくとかぎを穴《あな》に差《さ》しこんだ。ルイスとローズ・リタとツィマーマン夫人《ふじん》はそのうしろに集《あつ》まった。錠《じょう》は錆《さ》びてなかなか動《うご》かず、ジョナサンが何度《なんど》かやってみたあとで、ようやくかぎが回《まわ》った。ジョナサンはぐらぐらしているふたを慎重《しんちょう》に持《も》ちあげた。

トランクが開《あ》いて最初《さいしょ》にルイスとローズ・リタの目《め》がいったのは、ふたの裏側《うらがわ》だった。ふたの裏《うら》は色《いろ》あせたピンク色《いろ》の壁紙《かべがみ》でおおってあり、そのうえに大《おお》むかしのだれか（たぶん子《こ》どもだろう）が写真《しゃしん》を貼《は》っていた。写真《しゃしん》はどれも、まるでむかしのファッション雑誌《ざっし》から切《き》りぬいたみたいに見《み》えた。それから、ルイスとローズ・リタはトランクのなかをのぞいた。厚《あつ》く積《つ》もったほこりの下《した》に、新聞紙《しんぶんし》とヒモにくるまれた包《つつ》みがたくさん入《はい》っている。長《なが》くて曲《ま》がっていて薄《うす》いものもあれば、四角《しかく》くて平《ひら》べったいのもあったし、とにかく大《おお》きくてかさばるものもあった。新聞《しんぶん》は古《ふる》く黄《き》ばんでいて、包《つつ》みのなかにはヒモがくさって開《ひら》いてしまっているものもあった。

ジョナサンは手《て》を伸《の》ばすと、包《つつ》みをとってみんなに配《くば》りはじめた。

「さあてと。ほら、ルイス。そしてこれがきみだ、ローズ・リタ。おまえさんにもあるぞ、紫《むらさき》ばあさんや。そしてわたしにも一個《こ》だ」

「ハン」ツィマーマン夫人《ふじん》はヒモをひっぱりながら言《い》った。「自分《じぶん》に一番《いちばん》いいのをとったにちがいありませんよ」

ルイスのは、長《なが》くて曲《ま》がっている包《つつ》みだった。紙《かみ》のはしっこを破《やぶ》ると、変色《へんしょく》した真《しん》ちゅうの剣《けん》のつかが見《み》えた。「うわあ！　本物《ほんもの》の剣《けん》だ！」ルイスは残《のこ》りの紙《かみ》をビリビリとはがすと、剣《けん》をふりまわしはじめた。剣《けん》がまださやに入《はい》っていたのは、幸《さいわ》いだった。

「覚悟《かくご》しろ、卑劣《ひれつ》な妖女《ようじょ》め！」ルイスは叫《さけ》んで、ローズ・リタのほうに剣《けん》を突《つ》きだした。

「おいおい、サー・エクトル、気《き》をつけるんだぞ」ジョナサンが言《い》った。ルイスはやめて、しょんぼりした。それから、ルイスもいっしょにみんなで大笑《おおわら》いした。

「十一歳《さい》の男《おとこ》の子《こ》に剣《けん》なんか渡《わた》したらどんなことになるかわかるはずですよ」ツィマーマ

ン夫人《ふじん》が言《い》った。「ちょっと見《み》せてちょうだいな」

ルイスは剣《けん》をツィマーマン夫人《ふじん》に渡《わた》した。ツィマーマン夫人《ふじん》はそっと剣《けん》をひっぱって、さやから半分《はんぶん》ほど出《だ》してみた。錆《さ》びた刃《は》がランプの光《ひかり》を受《う》けてきらりと鈍《にぶ》い光《ひかり》を放《はな》った。

「だれのものだったの？」ルイスがきいた。

「バーナヴェルトのおじいさんさ」ジョナサンは言《い》った。「騎兵隊《きへいたい》の軍刀《ぐんとう》だ。曲《ま》がっているのと重《おも》さでわかる。さやにもどしてくれんかね、フローレンス。わたしは刃物《はもの》を見《み》ると落《お》ちつかないんだ」

ルイスは、バーナヴェルトのおじいさんのことはちょっとしか知《し》らなかった。おじいさんの名前《なまえ》は南北戦争《なんぼくせんそう》の記念碑《きねんひ》に刻《きざ》まれていたし、ジョナサンもいくつかおじいさんの話《はなし》はしてくれたけれど、そのせいでますます知《し》りたくなっただけだった。

「おじいさんは槍騎兵《そうきへい》だったんだよね？」ルイスはきいた。

「そのとおりだ」ジョナサンは言《い》った。「ローズ・リタ、おまえさんのを開《あ》けてごらん」

ローズ・リタが持《も》っているのは、やわらかくて小《ちい》さな包《つつ》みだった。ヒモを切《き》って新聞紙《しんぶんし》をはがすと、きれいに重《かさ》ねられた古《ふる》い洋服《ようふく》が出《で》てきた。一番《いちばん》うえには青《あお》いシャツがあったが、あまりにも長《なが》いあいだたたまれていたので、広《ひろ》げられなくなっていた。その下《した》から、ぶかぶかの赤《あか》いズボンとぺしゃんこになった赤《あか》い帽子《ぼうし》が出《で》てきた。帽子《ぼうし》には金色《きんいろ》の糸《いと》で〝第《だい》五ミシガンファイヤーズアーブ槍騎兵連隊《そうきへいれんたい》〟と刺繍《ししゅう》してあった。

「なあに、この第《だい》五ミシガンなんとかって？」ローズ・リタがきいた。

「ばかな人《ひと》たちのことですよ」ツィマーマン夫人《ふじん》がぴしゃりと言《い》った。「ばかな連中《れんちゅう》ですよ、あの人《ひと》たちはみんなね」

「たしかにな」ジョナサンはひげをなでながら言《い》った。「だが、それじゃあローズ・リタの質問《しつもん》の答《こた》えになっていない。第一《だいいち》にだな……待《ま》てよ、これはルイスに答《こた》えてもらうことにしよう。ルイスは、槍騎兵《そうきへい》の本《ほん》を読《よ》んだはずだから」

「槍騎兵《そうきへい》っていうのは、馬《うま》に乗《の》って長《なが》い槍《やり》を持《も》った兵隊《へいたい》のことなんだ」ルイスは説明《せつめい》しはじめた。「槍《やり》で敵《てき》の兵隊《へいたい》をやっつけたんだ」

「それができるくらい、敵《てき》に近《ちか》づけばな」ジョナサンは言《い》った。「わかるだろう、ローズ・リタ。槍騎兵《そうきへい》はある意味《いみ》、中世《ちゅうせい》の遺物《いぶつ》なんだよ。騎士《きし》たちが槍《やり》で敵《てき》を馬《うま》からはたきおとしていたころのね。だが南北戦争《なんぼくせんそう》では、槍《やり》でマスケット銃《じゅう》やライフルや大砲《たいほう》を持《も》った兵《へい》隊《たい》たちに立《た》ちむかわなきゃならなかったんだ」

「ばかみたいね」ローズ・リタは言《い》った。「どうしてそんなことをやりたがったの？」

「さあな、わたしにもわからん」ジョナサンは答《こた》えた。「長《なが》い槍《やり》や風《かぜ》にはためく長《なが》い旗《はた》やあざやかな色《いろ》の軍服《ぐんぷく》が、敵《てき》の歩兵《ほへい》を恐怖《きょうふ》におとしいれると思《おも》ったんじゃないか」

「で、どうだったの？」ルイスはきいた。

ジョナサンは面食《めんく》らった顔《かお》をした。「なにが？」

「敵《てき》を恐怖《きょうふ》におとしいれたの？」

「ああ、そうだな、そういうこともあった。だがたいていは、マスケット銃《じゅう》やライフルを持《も》った兵隊《へいたい》たちにやられちまったよ。それがスポットシルヴァニアの戦《たたか》いの実態《じったい》さ。第《だい》五ミシガンファイヤーズアーブ槍騎兵連隊《そうきへいれんたい》は突撃《とつげき》したが、一人《ひとり》残《のこ》らずやられちまった。生《い》きてもどってきたのは、バーナヴェルトのおじいさんとウォルター・フィンザーという男《おとこ》だけだ。二人《ふたり》が生《い》き残《のこ》ったのは、戦《たたか》いにはいかなかったからさ」

ルイスはがっかりした顔《かお》をした。槍《やり》をふりまわしながら敵陣《てきじん》へ乗《の》りこみ、次々《つぎつぎ》と敵《てき》をなぎたおすひいおじいさんの姿《すがた》を想像《そうぞう》していたからだ。「どうしてひいおじいさんは戦《たたか》いにいかなかったの？」ルイスはきいた。

「どうぞ、ジョナサン。話《はな》してあげて」ツィマーマン夫人《ふじん》がにやにやしながら言《い》った。ツィマーマン夫人《ふじん》はもう数《かぞ》えきれないくらいこの話《はなし》を聞《き》いていたけれど、いまだに聞《き》くたびに笑《わら》ってしまうのだ。

「いいだろう。こういうことだ」ジョナサンは話《はな》しだした。コホンと咳払《せきばら》いをひとつし、腕《うで》を組《く》んで椅子《いす》によりかかって、いつもの話《はなし》を聞《き》かせるときのポーズをとる。「おまえのひいおじいさんはな、ルイス、世界一勇敢《せかいいちゆうかん》な男《おとこ》というわけじゃなかった。ミシガン槍騎兵《そうきへい》隊《たい》に入《はい》ったのも、軍服《ぐんぷく》がかっこよかったからじゃないかとわたしはにらんでる。だから本《ほん》物《もの》の戦《たたか》いが近《ちか》づいてくるにつれ、おじいさんはこわくなってきた。スポットシルヴァニアの戦《たたか》いは、おじいさんのはじめての実戦《じっせん》になるはずだったんだ。さて、これからだ。戦闘《せんとう》の前《まえ》の晩《ばん》、おじいさんは隊《たい》の仲間《なかま》たちとたき火《び》の横《よこ》でポーカーをやっとった。すると、すごくいい手《て》がきた。たぶんフルハウスかフォー・カードかそんなもんだったと思《おも》う。ともかく、そんな調子《ちょうし》で、じきに残《のこ》っているのはおじいさんとウォルターだけになった。ウォルターもニュー・ゼベダイ出身《しゅっしん》で、おじいさんとおなじ時期《じき》に入隊《にゅうたい》していた。さて、ウォルターはおじいさんの賭《か》け金《きん》をせりあげ、おじいさんはウォルターの賭《か》け金《きん》をせりあげた。すぐに二人《ふたり》とも全財産《ぜんざいさん》を一セント残《のこ》らず投《な》げだすことになったよ。剣《けん》と銃《じゅう》までな。おじいさんは金《きん》の認証《にんしょう》つきの指輪《ゆびわ》を取《と》って、ぽんと投《な》げだした。だがウォルターにはもうなにも残《のこ》っていなかった。ほかの仲間《なかま》たちから金《かね》を借《か》りようとしたが、みんなやつが借金《しゃっきん》を踏《ふ》みたおすのを知《し》っていたから、貸《か》す者《もの》もいない。しょうがないからおりて、おじいさんに賭《か》け金《きん》をとらせようとすると、おじいさんが言《い》った。『おまえさんの幸運《こううん》のお守《まも》りがあるじゃないか』」

「幸運《こううん》のお守《まも》り？」ルイスがききかえした。

「そうだ。おじいさんはだな、もしかしたらウォルターがいつも持《も》ってる幸運《こううん》のコインをせしめることができるかもしれないと思《おも》ってポーカーに参加《さんか》したんだ。ばかばかしいように思《おも》えるかもしれんが、ウォルターの幸運《こううん》のコインがあれば、明日《あす》の戦《たたか》いを傷《きず》ひとつ負《お》わずにくぐりぬけることができるって信《しん》じてたんだろうな。だからっておかしくはないだろう？　パイロットだって、赤《あか》ん坊《ぼう》のくつやウサギの足《あし》を持《も》っていれば飛行機《ひこうき》は落《お》ちないと信《しん》じてる。おじいさんは、ウォルターがコインのことを自慢《じまん》しているのを聞《き》いて、それがあれば助《たす》かると思《おも》ったんだろう」ジョナサンは悲《かな》しそうにほほえんだ。「おじいさんは、明日《あす》の戦《たたか》いを乗《の》りきるためならなんでも信《しん》じちまうくらいこわかったんだろうな」

「魔法《まほう》がかかってるの？」ローズ・リタがきいた。「そのコインのことよ」

ジョナサンはクスクス笑《わら》った。「いいや、残念《ざんねん》だがな。だが、おじいさんはそう信《しん》じてた。それが重要《じゅうよう》なんだ。話《はなし》を先《さき》に進《すす》めよう。おじいさんはウォルターにそのコインを賭《か》けるよう言《い》ったが、ウォルターはいやだと言《い》った。ウォルターってやつはばかがつくくらい頑固《がんこ》だったから、そのコインを手放《てばな》すのがいやだったんだな。だがついに仲間《なかま》たちに説得《せっとく》されて、コインを賭《か》けることにした。それから二人《ふたり》で札《ふだ》を見《み》せあい、おじいさんが勝《か》った。ウォルターは火《ひ》のように怒《おこ》ったよ。足《あし》を踏《ふ》みならしてわめきちらし、さんざんののしったあげく、おじいさんがお金《かね》を集《あつ》めはじめると、だれかのホルスターから銃《じゅう》を取《と》りだしておじいさんの足《あし》を撃《う》ったんだ」

「ひどい！　おじいさんは死《し》んじゃったの？」ローズ・リタが言《い》った。

「いいや、だがそのけがのせいで、長《なが》いあいだ任務《にんむ》から外《はず》されたんだ。もちろんウォルターはただちに逮捕《たいほ》されて、そのあと除隊《じょたい》された。もっと重《おも》い罰《ばつ》を受《う》ける可能性《かのうせい》もあったんだが、おじいさんが温情《おんじょう》ある措置《そち》を願《ねが》い出《で》たんだ。わかるだろう？ バーナヴェルトのおじいさんはほんとうに心《こころ》が優《やさ》しくって温和《おんわ》なひとだったんだ。戦争《せんそう》で戦《たたか》うなんて、てんでむいてなかったんだよ」

ジョナサンは椅子《いす》によりかかると、パイプに火《ひ》をつけた。ツイマーマン夫人《ふじん》とルイスは台所《だいどころ》へいって、チョコレートチップ・クッキーとアイスクリームを持《も》ってもどってきた。みんなが食《た》べていると、とつぜんルイスが顔《かお》をあげて言《い》った。「おじいさんはコインをとっておいたの？ まだどこかにあるの？」

ジョナサンははっはっと笑《わら》った。「もちろんとっておいたとも！ 時計《とけい》の鎖《くさり》につけて、会《あ》うひとごとにどうやって手《て》に入《い》れたかを話《はな》していたよ。わたしも子《こ》どものころ何度《なんど》も聞《き》かされてうんざりしたもんさ」

「見《み》せてくれる？」ルイスはきいた。

ジョナサンはびっくりした顔《かお》をした。「見《み》せる？ べつにいいが……見《み》つかればな。たしかこの古《ふる》いトランクのどこかに転《ころ》がっていたような気《き》がするが。そうじゃなかったかな、フローレンス？」

「どうしてわたしが知《し》ってるんです？　これはあなたのトランクでしょ。見《み》てみましょう」

ジョナサンとツィマーマン夫人《ふじん》とルイスとローズ・リタは古《ふる》い衣装箱《いしょうばこ》をとりかこみ、包《つつ》みを出《だ》して開《あ》けはじめた。シルクハットがひとつ、ひじのところがすりきれた黒《くろ》いフロックコートが一着《ちゃく》、本《ほん》が数冊《すうさつ》、古《ふる》い写真《しゃしん》のいっぱい貼《は》ってあるアルバムが三、四冊《さつ》、それから本当《ほんとう》に本物《ほんもの》の大砲《たいほう》の弾《たま》まであった。ついに衣装箱《いしょうばこ》は空《から》っぽになって、底《そこ》にたまったほこりと死《し》んだ虫《むし》だけになった。と思《おも》ったが、あともうひとつ、小《ちい》さなぼろぼろの木《き》の箱《はこ》が残《のこ》っていた。

「絶対《ぜったい》このなかだ」ルイスが言《い》った。

「あてにはできんぞ」ジョナサンが言《い》った。「まあひとつ、見《み》てみよう」

ジョナサンは手《て》を伸《の》ばして、箱《はこ》を取《と》りだした。かぎはかかっていなかった。軽《かる》くひっぱると、蝶《ちょう》つがいごとふたがぽろっととれた。なかから、古《ふる》いふちなしのメガネと黒《くろ》ずんだパイプ、それから時計《とけい》につけるずっしりと重《おも》い鎖《くさり》が出《で》てきた。そして鎖《くさり》の先《さき》に、とても小《ちい》さい銀《ぎん》のコインがぶらさがっていた。

「わあ、ほんとうにあった！」ルイスは箱《はこ》のなかに手《て》を入《い》れて、そっと時計《とけい》の鎖《くさり》を持《も》ちあげた。そして、まるでダイヤモンドのネックレスかなにかのようにかかげた。ルイスとローズ・リタはしげしげとコインを眺《なが》めた。見《み》たことのないコインだ。十セント硬貨《こうか》よりも小《ちい》さくて薄《うす》い。片面《かためん》にローマ数字《すうじ》でⅢとあり、反対《はんたい》の面《めん》には六角形《ろくかっけい》の星《ほし》が刻《きざ》まれ、なかに縞模様《しまもよう》の盾《たて》がある。星《ほし》のまわりには〝アメリカ合衆国《がっしゅうこく》〟と刻《きざ》まれ、星《ほし》の一番下《いちばんした》のとんがった先《さき》の下《した》に一八五九年《ねん》とあった。

「これなに？」ルイスはきいた。こんなコインを見《み》たのははじめてだった。

「合衆国《がっしゅうこく》の三セント硬貨《こうか》ですよ」ツィマーマン夫人《ふじん》が言《い》った。「見《み》ればわかるでしょう」

ローズ・リタは笑《わら》った。「もう、ツィマーマン夫人《ふじん》ったら！　冗談《じょうだん》ばっかり！　つまり、そのころの価値《かち》で三セントくらいだったってことでしょ」

「いえ、ほんとうに三セント硬貨《こうか》ですよ。今《いま》は、もう少《すこ》し高《たか》いでしょうがね。古《ふる》いお金《かね》だから。でも他《ほか》の硬貨《こうか》とおなじで、そんなに珍《めずら》しいものじゃないんですよ」

「どうして三セント硬貨《こうか》なんて作《つく》ったの？　一セント硬貨《こうか》を三枚使《まいつか》ったほうが簡単《かんたん》だった

んじゃない？」ルイスがきいた。

「それは合衆国造幣局《がっしゅうこくぞうへいきょく》にきかないとな」ジョナサンが言《い》った。「むかしは半《はん》セントとか二セント硬貨《こうか》とか半《はん》ダイムとか、へんな単位《たんい》の通貨《つうか》がたくさんあったんだよ。だからツィマーマン夫人《ふじん》が言《い》ったように、このコインはそんなに変《か》わってるというわけじゃないんだ。さっきの話《はなし》に出《で》てくることをのぞけばね」

ルイスはそのコインをしげしげと眺《なが》めた。赤々《あかあか》と燃《も》えるたき火《び》の横《よこ》に、剣《けん》と銃《じゅう》とお金《かね》が積《つ》まれている光景《こうけい》が浮《う》かんできた。てっぺんにこのコインが置《お》かれている。ウォルター・フィンザーが銃《じゅう》をぬいてバーナヴェルトのおじいさんを撃《う》つ……このコインのせいで血《ち》が流《なが》れたのだ。ルイスは本《ほん》をたくさん読《よ》んでいたから、王《おう》たちがほんのちっぽけなもののために戦《たたか》い、殺《ころ》しあってきたのを知《し》っていた。王冠《おうかん》や宝石《ほうせき》や黄金《おうごん》みたいなちっぽけなもののために。コインは、むかしの物語《ものがたり》からそのまま抜《ぬ》けだしてきたように思《おも》えた。

ルイスはジョナサンおじのほうを見《み》あげた。「ジョナサンおじさん、このコインには魔《ま》法《ほう》がかかっていないっていうのはたしかなの？」

「ぜったいにまちがいないよ、ルイス。だがどうしても気《き》になるのなら、ちょっとツィマーマン夫人《ふじん》に見《み》てもらっちゃどうかね？　ツィマーマン夫人《ふじん》は魔法《まほう》のお守《まも》りやら魔《ま》よけやらそういうたぐいのものにくわしいんだよ。だからたぶんちょいとさわっただけでわかるんじゃないか。どうだい、フローレンス？」

「ええ、わかりますとも。魔術学《まじゅつがく》で博士号《はかせごう》を取《と》ったとき、ゲッティンゲン大学《だいがく》の最終試験《さいしゅうしけん》では、指《ゆび》でさわっただけで魔法《まほう》がかかっているかどうかわからなくちゃいけなかったんですから」

ルイスはコインをツィマーマン夫人《ふじん》に渡《わた》した。ツィマーマン夫人《ふじん》はコインを指《ゆび》でごしごしこすると、しばらくじっと見《み》つめていた。それからルイスに返《かえ》した。

「残念《ざんねん》ですけどね、ルイス」ツィマーマン夫人《ふじん》は頭《あたま》をふりながら言《い》った。「この感《かん》じは、ただの金属《きんぞく》の板《いた》ってとこでしょうね。もし魔法《まほう》がかかっていたら……そうね、なんというかビリビリって感《かん》じが伝《つた》わってくるはずなんですよ。けど、これはなにも感《かん》じられないわ。ただの古《ふる》い硬貨《こうか》ですよ」

ルイスはコインをかかげて、残念《ざんねん》そうに見《み》つめた。それからジョナサンのほうを向《む》くと
「これ、もらってもいい？」ときいた。

ジョナサンは上《うわ》の空《そら》で目《め》をしばたたいた。「ん？」

「これをもらってもいいかきいたんだよ」

「もらう……？　あ、ああ、いいよ。もちろんさ。おまえさんにやろう。南北戦争《なんぼくせんそう》の記念《きねん》にとっておけばいい」ジョナサンはルイスの肩《かた》を軽《かる》く叩《たた》いて、にっこりした。

その夜遅《よるおそ》く、ローズ・リタとツィマーマン夫人《ふじん》が帰《かえ》って、ジョナサンが寝《ね》たあと、ルイスはベッドのはしにこしかけてコインをじっと見《み》つめた。これが魔法《まほう》のコインじゃないなんてがっかりだ。もしそうなら、勇気《ゆうき》と力《ちから》を授《さず》けて敵《てき》から守《まも》ってくれるお守《まも》りになったかもしれないのに。古代《こだい》アイルランドの王《おう》さまがいつも戦《たたか》いにいくときつけていたブローチのような。そのブローチをつけているかぎり、王《おう》さまは決《けっ》してけがをすることはない。ルイスはその物語《ものがたり》が大好《だいす》きだった。もちろんルイスは剣《けん》と盾《たて》を持《も》って戦《たたか》いにいくようなことはないけれど、素手《すで》の殴《なぐ》りあいくらいは二《に》、三度《さんど》したことがあった。そしていつも負《ま》けた。もしお守《まも》りを持《も》っていたら、けんかに勝《か》ったかもしれない。お守《まも》りさえあれば、ウッディ・ミンゴに帽子《ぼうし》をとられずにすんだかもしれない。

まあ、しかたがないさ、ルイスは思《おも》った。それが現実《げんじつ》ってものなんだ。ルイスはコインを枕《まくら》もとの机《つくえ》のひきだしにしまうと、電気《でんき》を消《け》して、ベッドに入《はい》った。

ベッドには入《はい》ったけれど、ルイスは眠《ねむ》れなかった。寝返《ねがえ》りをうったり向《む》きを変《か》えたりしながら、ウッディ・ミンゴや、シャーロック・ホームズの帽子《ぼうし》や、バーナヴェルトのおじいさんや、ウォルター・フィンザーや、三セント硬貨《こうか》のことを考《かんが》えた。それからじっと横《よこ》たわって、家《いえ》のたてる音《おと》に耳《みみ》を傾《かたむ》けた。時計《とけい》のカチカチいう音《おと》、おふろの蛇口《じゃぐち》から水《みず》がポタポタたれる音《おと》。なにかがきしむようなミシッという音《おと》、鋭《するど》いパンという音《おと》、パチッとはじけるような音《おと》。大《おお》きな古《ふる》い屋敷《やしき》が夜《よる》にそなえてたてる音《おと》だった。

カタンカタン。ルイスはベッドのうえで起《お》きあがった。なんの音《おと》かはすぐわかった。よく知《し》っている音《おと》だ。でも、夜《よる》に聞《き》こえるはずはない。郵便受《ゆうびんう》けの音《おと》なのだ。家《いえ》の玄関《げんかん》のドアには、郵便用《ゆうびんよう》の差《さ》し入《い》れ口《ぐち》があった。蝶《ちょう》つがい式《しき》の金属《きんぞく》のふたがついていて、郵便《ゆうびん》やさんがふたを持《も》ちあげて手紙《てがみ》を差《さ》し入《い》れると、カタンカタンと鳴《な》った。ルイスもおじさんも手紙《てがみ》をもらうのが大好《だいす》きだったから、家《いえ》のどこにいようと、このカタンカタンが聞《き》こえると一目散《いちもくさん》に走《はし》っていった。この地域担当《ちいきたんとう》の郵便《ゆうびん》やさんはおしゃべりで、ふだんも午後《ごご》の二時半《じはん》より前《まえ》にくることはめったにない。とはいえ、ルイスの知《し》っているかぎり、真夜中《まよなか》に手紙《てがみ》がきたことはなかった。

ルイスは起《お》きあがったまま、しばらくどういうことだろうと考《かんが》えていた。それからベッドを抜《ぬ》けだし、スリッパをはいてバスローブをはおると、パタパタと下《した》の玄関《げんかん》までおりていった。すると、差《さ》し入《い》れ口《ぐち》のすぐ下《した》の床《ゆか》にはがきが一枚落《まいお》ちていた。

ルイスははがきを拾《ひろ》うと、玄関《げんかん》ホールの窓《まど》まで持《も》っていった。満月《まんげつ》の灰色《はいいろ》の光《ひかり》がさしこんでいる。ここなら読《よ》めるだろう。けれど、読《よ》むものはなかった。はがきはまっしろだった。

ルイスは気味《きみ》が悪《わる》くなってきた。これはどういうことだろう？　ルイスははがきを裏返《うらがえ》して、ちゃんと切手《きって》も宛名《あてな》もあるのを見《み》てほっとした。けれども、切手《きって》はずいぶんむかしふうだったし、消印《けしいん》もかすれていてどこから送《おく》られてきたのかわからなかった。はがきの住所《じゅうしょ》は、きれいな飾《かざ》り文字《もじ》で書《か》いてあった。

ルイス・バーナヴェルトさま
ミシガン州《しゅう》、ニュー・ゼベダイ
ハイ・ストリート一〇〇《ひゃく》番地《ばんち》

差出人《さしだしにん》の住所《じゅうしょ》はなかった。

ルイスは、はがきを持《も》ったまま月光《げっこう》のなかに立《た》ちつくした。ローズ・リタが夜中《よなか》に起《お》きてやったたちの悪《わる》い冗談《じょうだん》かもしれない。きっとそうだ――でも、そんなことあるだろうか。

ルイスははがきを裏返《うらがえ》して、もう一度《いちど》なにも書《か》いていない面《めん》を見《み》た。目《め》が大《おお》きく見開《みひら》かれた。今度《こんど》は文字《もじ》があったのだ。

Venio

手《て》がぶるぶる震《ふる》えだした。目《め》に見《み》えないインクのことならどこかで読《よ》んだことがあったけれど、特別《とくべつ》な粉《こな》をかけたり火《ひ》であぶりださなければ文字《もじ》は出《で》てこない。ところがこの文《も》字《じ》はひとりでに現《あらわ》れたのだ。

おまけにルイスは、メッセージの意味《いみ》がわかっていた。前《まえ》にミサの侍者《じしゃ》をしていて、少《すこ》しならラテン語《ご》が読《よ》めたから、Ｖｅｎｉｏの意味《いみ》もわかったのだ――〝わたしはいく〟。

ふいにルイスはおそろしくてたまらなくなった。暗《くら》い玄関《げんかん》にひとりでいるのがこわかった。あわててホールの向《む》こうにある電気《でんき》のスイッチのほうへいこうとすると、はがきが手《て》からするりと抜《ぬ》けおちた。まるでだれかがひょいとつかんで、抜《ぬ》きとったような感《かん》じだった。

ルイスは恐怖《きょうふ》に駆《か》られて、壁《かべ》のスイッチに飛《と》びついた。暖《あたた》かい黄色《きいろ》の光《ひかり》が古《ふる》い屋敷《やしき》のホールにあふれる。だれもいない。けれどもはがきは消《き》えていた。

第《だい》3章《しょう》　強《つよ》くなれる方法《ほうほう》

　次《つぎ》の朝《あさ》、目《め》が覚《さ》めるとすぐにルイスは下《した》におりて謎《なぞ》のはがきを探《さが》した。敷物《しきもの》をめくり、床板《ゆかいた》の隙間《すきま》をのぞき、ジョナサンが杖《つえ》を入《い》れている柳模様《やなぎもよう》のつぼのなかも探《さが》した。ありとあらゆるところを探《さが》したけれど、はがきは影《かげ》も形《かたち》もなかった。はがきが床《ゆか》の下《した》まで落《お》ちてしまうほど広《ひろ》い隙間《すきま》はなかったし、ふわふわ飛《と》んでふたのついた郵便受《ゆうびんう》けを抜《ぬ》けてもどっていくわけもない。いったいどこへいったんだ？

　なぜかはがきのことをジョナサンおじに話《はな》す気《き》になれなかった。けれども、朝《あさ》ごはんのシリアルのチェリオスを食《た》べていると、ふっといい説明《せつめい》が浮《う》かんできて気《き》が楽《らく》になった。あのはがきはきっと、いつもみたいなジョナサンおじの魔法《まほう》なんだ。

　ルイスはもう現役《げんえき》の魔法使《まほうつか》いの家《いえ》に住《す》みはじめてから一年以上《ねんいじょう》たっていたから、奇妙《きみょう》な光景《こうけい》や音《おと》に驚《おどろ》かなくなっていた。コートかけの鏡《かがみ》をのぞくと、自分《じぶん》の顔《かお》が映《うつ》っている――

こともある。でもたいていは、砂漠《さばく》のなかに建《た》つローマ時代《じだい》の遺跡《いせき》やマヤ族《ぞく》のピラミッドやスコットランドのメルローズ修道院《しゅうどういん》が映《うつ》っていた。玄関《げんかん》わきの客間《きゃくま》にあるオルガンはラジオのコマーシャル・ソングを演奏《えんそう》したし、古《ふる》い広大《こうだい》な屋敷《やしき》のあちこちにあるステンドグラスはひとりでに絵柄《えがら》を変《か》えた。だからあの不気味《ぶきみ》なはがきも、いつものちょっとしたジョークにちがいない。ジョナサンにきけば、ほんとうにそうなのかたしかめることができるはずだった。屋敷《やしき》の魔法《まほう》はすべてジョナサンがとりしきっていたからだ。けれども、ルイスはきくのがこわかった。もし自分《じぶん》の説明《せつめい》がまちがっていたとしても、知《し》りたくなかった。

十月《がつ》の中《なか》ごろだった。お昼《ひる》のあとルイスは早《はや》めに学校《がっこう》にもどることにした。いつもはだれかにやられるのがこわくて、お昼休《ひるやす》みが終《お》わるまで家《いえ》にいる。今日早《きょうはや》くもどることにしたのは、ローズ・リタにそうするよう説得《せっとく》されたからだった。

ルイスとローズ・リタは、ルイスの恐怖心《きょうふしん》についていろいろ話《はな》しあった。ローズ・リタは、恐怖心《きょうふしん》を克服《こくふく》するには、まっこうから立《た》ち向《む》かうしかないと言《い》いはった。お昼《ひる》が終《お》わったらすぐに校庭《こうてい》にもどるようにするべきだ。一度《いちど》やれば、次《つぎ》はもっと楽《らく》になる。その次《つぎ》はさらに楽《らく》になるはずだ。それがローズ・リタの言《い》いぶんだった。最初《さいしょ》ルイスはがんとして聞《き》きいれなかったけれど、最後《さいご》にはローズ・リタの言《い》うとおりやってみることにした。少《すこ》しでもやりやすくするために、ローズ・リタが学校《がっこう》わきの路地《ろじ》で待《ま》っていてくれることになった。べつにフットボールとかみんながやってるスポーツに参加《さんか》する必要《ひつよう》はない。ただ立《た》って話《はな》していればいいのだ。二人《ふたり》でバルサ材《ざい》を使《つか》って作《つく》っているローマのガレー船《せん》の話《はなし》をすれば、きっと楽《たの》しいだろう。

ルイスは学校《がっこう》に着《つ》くと、細長《ほそなが》い路地《ろじ》のようすをうかがった。ローズ・リタはいない。路《ろ》地《じ》の向《む》こうから、子《こ》どもたちが遊《あそ》んでいる歓声《かんせい》が聞《き》こえる。おそるおそるルイスは校庭《こうてい》のほうへ歩《ある》きだした。ルイスは、いつ いきなり飛《と》びかかられてもおかしくないと思《おも》っていたし、じっさいそういうことがよくあった。

半分《はんぶん》ほど路地《ろじ》をくだったところで、左《ひだり》のほうから音《おと》が聞《き》こえてきた。うなったり取《と》っくみあったりしているような音《おと》だ。ルイスがそちらのほうをのぞくと、監督教会《かんとくきょうかい》の控《ひか》え壁《かべ》のあいだの暗《くら》がりで子《こ》どもが二人《ふたり》、けんかしているのが見《み》えた。ローズ・リタとウッディ・ミンゴだ。

ルイスは恐怖《きょうふ》のあまり凍《こお》りついたように立《た》って見《み》ていた。ウッディは片手《かたて》でローズ・リタの腰《こし》を押《お》さえつけ、もう片方《かたほう》の手《て》で髪《かみ》の毛《け》を思《おも》いきりひっぱった。痛《いた》いにちがいない。けれどもローズ・リタはひと言《こと》も発《はっ》さず、目《め》を閉《と》じ、歯《は》をぐっと食《く》いしばった。

「ほら！」ウッディはどなった。「取《と》りけせ！」

「いや」

「取《と》りけすんだ！」

「いやだって言《い》ってんのよ——痛《いた》い！——お断《こと》わりよ！」

ウッディは、これ以上《いじょう》ないというくらい、いやらしい笑《え》みを浮《う》かべた。「そうかい、じゃあ——」ウッディはローズ・リタの髪《かみ》を勢《いきお》いよくぐいとひっぱった。ローズ・リタの顔《かお》はさらにゆがみ、歯《は》がぎりぎり鳴《な》った。それでもローズ・リタは悲鳴《ひめい》ひとつあげようとしなかった。

ルイスはどうしたらいいのかわからなかった。走《はし》って校長先生《こうちょうせんせい》を呼《よ》んでこようか？　警察《けいさつ》がいいだろうか？　それとも一人《ひとり》でウッディに飛《と》びかかるか？　ウッディのナイフのことを思《おも》いだして、ルイスはおじけづいた。

ウッディがルイスに気《き》づいた。ウッディは、帽子《ぼうし》をとったときとおなじようににやりと笑《わら》った。

「やあ、デブ！　ガールフレンドを助《たす》けにきたのかい？」そう言《い》ってまた髪《かみ》をひっぱったので、ローズ・リタの顔《かお》が苦痛《くつう》にゆがんだ。

ローズ・リタは目《め》を開《あ》けて、ルイスをちらりと見《み》た。「逃《に》げて、ルイス！」ローズ・リタは鋭《するど》い声《こえ》でささやいた。「逃《に》げるのよ！」

ルイスは立《た》ちつくしたまま、げんこつを握《にぎ》ったり開《ひら》いたりした。通《とお》りをふりかえると、車《くるま》がゆっくりと走《はし》りすぎていく。校庭《こうてい》のほうを見《み》ると、子《こ》どもたちが歓声《かんせい》をあげながら遊《あそ》んでいた。

「ほらどうした、脂肪《しぼう》のかたまりめ！　おれを殴《なぐ》りたいんだろう？　やってみろよ！」

ルイスはくるりと背《せ》を向《む》けて走《はし》りだした。路地《ろじ》をくだり、歩道《ほどう》に出《で》て、交差点《こうさてん》を渡《わた》り、グリーン通《どお》りを家《いえ》に向《む》かって走《はし》った。舗道《ほどう》を走《はし》る足音《あしおと》と、走《はし》りながら泣《な》いている自分《じぶん》の声《こえ》が聞《き》こえる。グリーン通《どお》りのとちゅうで、ルイスはこれ以上走《いじょうはし》れなくなり立《た》ちどまった。わき腹《ばら》が痛《いた》み、頭《あたま》ががんがんする。いっそのこと死《し》んでしまいたかった。ようやく息《いき》がもどると、涙《なみだ》をぬぐって鼻《はな》をかみ、とぼとぼと家《いえ》に向《む》かって歩《ある》きだした。

ジョナサンおじが前庭《まえにわ》の落《お》ち葉《ば》をかきあつめていると、ルイスが重《おも》い足《あし》どりで坂道《さかみち》をあがってくるのが見《み》えた。

「おかえり、ルイス！」ジョナサンは叫《さけ》んで、楽《たの》しげにパイプをふった。「学校《がっこう》が早《はや》く終《お》わったのかい……」

門《もん》がカチャンと鳴《な》り、数秒後《すうびょうご》に玄関《げんかん》のドアがバタンと閉《し》まった。ジョナサンはくまでを投《な》げ捨《す》てると、なにが起《お》こったのかようすを見《み》にいった。

食堂《しょくどう》にいくと、ルイスがテーブルにうつぶして泣《な》いていた。

「ちくしょう、最低《さいてい》だ、なんてばかなんだ、ちくしょう……」ルイスはそれだけをくりかえしていた。

ジョナサンはルイスのとなりに腰《こし》を下《お》ろすと、腕《うで》を回《まわ》した。「どうした、ルイス」ジョナサンは優《やさ》しく言《い》った。「もう平気《へいき》だ。どうしたんだ？　なにがあったかわたしに話《はな》してみないかね？」

ルイスは涙《なみだ》をぬぐい、何度《なんど》も鼻《はな》をかんだ。それからぽつりぽつりと、なにがあったかすべて話《はな》した。「……それでぼくは逃《に》げてきたんだ。ローズ・リタは二度《にど》とぼくなんかとつきあってくれないよ」ルイスはしゃくりあげた。「もう死《し》んだほうがましだ！」

「そうか、だが、ロジーが社交《しゃこう》リストからおまえさんの名前《なまえ》を削《けず》っちまうなんてことはないと思《おも》うよ」ジョナサンはほほえんで、ルイスの肩《かた》を叩《たた》いた。「あの子《こ》はただ自分《じぶん》の身《み》は自分《じぶん》で守《まも》りたかっただけさ。正真正銘《しょうしんしょうめい》のおてんば娘《むすめ》だからな。あの子《こ》がウッディとけんかしたんだったら、ちゃんと考《かんが》えてのことだと思《おも》うよ」

ルイスは顔《かお》をあげて、涙《なみだ》にぬれた目《め》でジョナサンを見《み》あげた。「ぼくが卑怯者《ひきょうもの》の弱虫《よわむし》だからってきらいにならないと思《おも》う？」

「おまえさんはそんな子《こ》じゃないよ」ジョナサンは言《い》った。「それにもしロジーが力《ちから》ばっかり強《つよ》いようなやつを親友《しんゆう》にしたいなら、そうしたはずだ。頑固《がんこ》な子《こ》だからな。自分《じぶん》がやりたいようにするさ。それに、あの子《こ》はおまえさんのことが大好《だいす》きだと思《おも》うよ」

「ほんとに？」

「ああ。さあ、落《お》ち葉《ば》をぜんぶ集《あつ》めちまうから、今晩《こんばん》は車寄《くるまよ》せでたき火《び》をしよう。月曜日《げつようび》に手紙《てがみ》を書《か》いてやるから、ハガーティ先生《せんせい》のことも心配《しんぱい》しなくていい。船《ふね》の模型作《もけいづく》りの続《つづ》きでもしてきたらどうだい？」

ルイスは感謝《かんしゃ》をこめておじさんに向《む》かってにっこりした。泣《な》いたあとのくせで二《に》、三度《さんど》しゃっくりした。「わかったよ、ジョナサンおじさん。ありがとう」

ルイスは二階《かい》の自分《じぶん》の部屋《へや》へあがって、その日《ひ》の午後《ごご》はギリシャやローマの三段《さんだん》オールのガレー船《せん》やサラミスとアクティウムの戦《たたか》いの世界《せかい》にひたりきった。夕《ゆう》ごはんの少《すこ》し前《まえ》、電話《でんわ》が鳴《な》った。ルイスは二段飛《にだんと》びで階段《かいだん》をかけおり、もう少《すこ》しで顔《かお》から転《ころ》びそうになった。

「もしもし」ルイスはハアハア息《いき》を切《き》らしながら受話器《じゅわき》を取《と》った。「ローズ・リタ、きみかい？」

受話器《じゅわき》の向《む》こうでくすくす笑《わら》う声《こえ》が聞《き》こえた。「そうじゃなかったら、どうするつもりだったの？」

ルイスはほっとした。「ぼくのこと怒《おこ》ってる？」ルイスはきいた。

「べつに。どうしたかと思《おも》って電話《でんわ》しただけよ」

ルイスは顔《かお》が赤《あか》くなるのを感《かん》じた。「なんだか気分《きぶん》が悪《わる》くなっちゃって帰《かえ》ったんだ。ウッディに殴《なぐ》られた？」

「ううん。ちょうど先生《せんせい》たちが通《とお》りかかって、とめたの。この髪《かみ》さえなければ、あいつをやっつけてやれたのに。角刈《かくが》りにしちゃおうかな」

「どうしてけんかになったの？」

「ああ、それはわたしが、帽子《ぼうし》を盗《ぬす》むなんて汚《きたな》いこそ泥《どろ》のやることだ、ってあいつに言《い》ったからよ。あいつは取《と》りけせって言《い》ったけど、わたしは取《と》りけさなかったの」

ルイスはしんとした。このままローズ・リタが、わたしがいればウッディに帽子《ぼうし》をとられずにすんだのに、と言《い》ったときとおなじ気持《きも》ちがしていた。複雑《ふくざつ》な気持《きも》ちだった。ローズ・リタが自分《じぶん》を守《まも》ってくれようとしたことには感謝《かんしゃ》していたけれど、自分《じぶん》のけんかを自分《ぶん》で戦《たたか》えないというのは最低《さいてい》の気分《きぶん》だった。男《おとこ》の子《こ》はそうするものってことになっている。

「どうしたの？」ローズ・リタがきいた。ルイスはまるまる一分間《ぷんかん》もだまっていた。

「え……ああ。うん。ちょっと……ちょっと、考《かんが》えてたんだ」ルイスはつかえながら言《い》った。

「ウッディにけがをさせられなかった？」

ローズ・リタはばかにしたようにフンと鼻《はな》を鳴《な》らした。「ええ、あいつは髪《かみ》をひっぱる以外《いがい》なにもしなかったわよ。わたしが女《おんな》の子《こ》だからね。ねえ、ルイス？」

「なに？」

「あの船《ふね》の続《つづ》きをしよう。今夜《こんや》船《ふね》を持《も》ってうちにこない？」

「わかった」

「じゃあ、夕《ゆう》ごはんのあとでね。バイバイ」

「あとでね」


ルイスは、逃《に》げたせいでローズ・リタに嫌《きら》われていないとわかってほっとした。けれども、ローズ・リタとウッディのけんかのことは頭《あたま》から離《はな》れなかった。その晩《ばん》、ルイスは夢《ゆめ》を見《み》た。夢《ゆめ》のなかで、ウッディがローズ・リタを殴《なぐ》った。ローズ・リタは倒《たお》れ、頭《あたま》から血《ち》が出《で》た。ルイスはウッディをぐいとつかむと、パンチを食《く》らわした。するとウッディはナイフを出《だ》して、ルイスの鼻先《はなさき》につきつけた。「てめえの舌《した》を切《き》り取《と》ってやる！」そのとたん、目《め》が覚《さ》めた。ルイスはガバッと起《お》きあがった。パジャマが汗《あせ》でぐしょりぬれている。そのあとは、なかなか寝《ね》つけなかった。

次《つぎ》の朝《あさ》、目《め》を覚《さ》ますと、ルイスはウッディみたいにやせて強《つよ》くなろうと決心《けっしん》した。床《ゆか》に手《て》をついて、腕《うで》たてふせを十回《かい》やろうとしたけれど、たった三回《かい》でつっぷしてしまった。次《つぎ》に腹筋《ふっきん》をしようと、仰向《あおむ》けになった。ところが、手足《てあし》をバタバタさせてひじまで使《つか》わないと、体《からだ》を起《お》こせなかった。立《た》ちあがってひざを曲《ま》げずにつま先《さき》にさわろうとしたが、これもできない。頭《あたま》がズキズキ痛《いた》むだけだ。最後《さいご》に、挙手跳躍運動《ジャンピングジャック》をやってみようとした。頭《あたま》のうえでパンと手《て》を叩《たた》くのは楽《たの》しい。ところが足《あし》を閉《と》じると、ももの脂肪《しぼう》もパンと鳴《な》った。その音《おと》を聞《き》くと、気持《きも》ちがなえてしまった。おまけに、下《した》の部屋《へや》のしっくいが落《お》ちるんじゃないかと気《き》が気《き》じゃなかった。けっきょくあきらめて、ルイスは朝《あさ》ごはんを食《た》べにおりていった。

その日《ひ》は土曜日《どようび》で、ツィマーマン夫人《ふじん》が朝《あさ》ごはんを作《つく》りにきていた。ツィマーマン夫人《ふじん》はとなりに住《す》んでいて、バーナヴェルト家《け》のためにしょっちゅう食事《しょくじ》を作《つく》ってくれていた。土曜日《どようび》の朝《あさ》ごはんにはかならず特別《とくべつ》メニューがついていた。それはドーナツだったり、パンケーキだったり、ソーセージだったり、いちごのショートケーキだったり、蜂《はち》の巣《す》の入《はい》ったハチミツをかけたフレンチトーストだったり、桃《もも》の砂糖漬《さとうづ》けだったりした。その朝《あさ》、ツィマーマン夫人《ふじん》はワッフルを焼《や》いていた。ルイスはツィマーマン夫人《ふじん》が黒《くろ》い鉄《てつ》のワッフルメーカーに黄色《きいろ》いバターをたっぷりと入《い》れるのを見《み》た。そして自分《じぶん》の決心《けっしん》を思《おも》いだした。

「あの……ツィマーマン夫人《ふじん》？」ルイスは言《い》った。

「なに、ルイス？」

「ぼく、その、今朝《けさ》はワッフルはいらないんだ。コーンフレークをくれる？」

ツィマーマン夫人《ふじん》はふりむいて、怪訝《けげん》そうにルイスを見《み》た。熱《ねつ》をはかろうとルイスのほうへいきかけて、はっとジョナサンがウッディとローズ・リタのけんかのことを話《はな》していたのを思《おも》いだした。ツィマーマン夫人《ふじん》はとても賢《かしこ》い女性《じょせい》だったから、すぐにルイスがなにを考《かんが》えているのかぴんときた。そこで、肩《かた》をすくめて言《い》った。「わかりましたよ。わたしとおじさんのぶんが増《ふ》えるわね」

ルイスは、なんとか朝《あさ》ごはんのあいだじゅう決心《けっしん》を守《まも》りとおした。目《め》と鼻《はな》の先《さき》をとろっとしたメープルシロップがたっぷりかかった金色《きんいろ》のワッフルがいったりきたりするのを見《み》るのは、まさに拷問《ごうもん》だった。けれどもルイスはつばをごくりと飲《の》みこんで、べしょべしょになった味《あじ》のないコーンフレークを流《なが》しこんだ。

朝《あさ》ごはんが終《お》わると、ルイスはトレーニングをやりに中学《ちゅうがく》のジムへいった。さっそく、げんこつが痛《いた》くなるまでサンドバッグをパンチし、それから腕《うで》まくりをして、右腕《みぎうで》にぎゅっと力《ちから》を入《い》れてみた。なにか変化《へんか》が起《お》きているかよくわからなかったので、バスケットボールのコートにハートウィグ先生《せんせい》を探《さが》しにいった。ハートウィグ先生《せんせい》は体育《たいいく》の先生《せんせい》だった。大《おお》きくて明《あか》るい先生《せんせい》で、いつもふざけて大《おお》きなボールを投《な》げてきたり、「このラインまでこい、根性《こんじょう》だ、根性《こんじょう》。ほら、おいち、に、さん、しぃ!」なんて友《とも》だちみたいに話《はな》しかけてくる。先生《せんせい》を探《さが》すと、なにもせずにただその辺《へん》につったっていた子《こ》どもたちを集《あつ》めて、ボクシング大会《たいかい》をやろうとしているところだった。

「こんにちは、ハートウィグ先生《せんせい》」ルイスは大声《おおごえ》で言《い》った。「ちょっといいですか?」

ハートウィグ先生《せんせい》はにっこりした。「ああ、もちろんだよ、ルイス。どうしたんだい?」

ルイスはもう一度《いちど》腕《うで》まくりをして、腕《うで》を突《つ》きだした。そして筋肉《きんにく》——というか筋肉《きんにく》と思《おも》われるところに力《ちから》を入《い》れた。「なにか見《み》えますか、先生《せんせい》?」ルイスは期待《きたい》をこめてきいた。

ハートウィグ先生《せんせい》はいっしょうけんめい笑《わら》わないようにした。先生《せんせい》はルイスのことを知《し》っていたし、ルイスの悩《なや》みも少《すこ》しはわかっていた。「ああ、きみの腕《うで》が見《み》える」先生《せんせい》はゆっくりと言《い》った。「今日《きょう》はトレーニングしたのかい？」

「ええ、まあ。わかりませんか？」ルイスはもう一度《いちど》腕《うで》に力《ちから》を入《い》れた。みんなが取《と》り囲《かこ》んで見《み》ているので恥《は》ずかしくなってきた。いつもだったら、みんなが見《み》ている前《まえ》でこんなことは絶対《ぜったい》しない。でも、今日《きょう》だけはどうしてもたしかめておきたかった。ハートウィグ先生《せんせい》はプロだ。先生《せんせい》なら、ルイスの筋肉《きんにく》が大《おお》きくなったかどうかわかるだろう。

ハートウィグ先生《せんせい》はルイスに腕《うで》を回《まわ》すと、わきへ連《つ》れていった。「いいかい、ルイス」先生《せんせい》は静《しず》かな声《こえ》で言《い》った。「筋肉《きんにく》を鍛《きた》えるには、五分《ふん》サンドバッグをパンチするだけじゃだめなんだ。何週間《なんしゅうかん》、何《なん》カ月《げつ》、ときには何年《なんねん》もやらなくちゃならない。だから、すぐになにも変《か》わらないからといってがっかりしちゃいけないよ、いいね？　さあ、もう一度《いちど》いって、パンチしてこい！」ハートウィグ先生《せんせい》は優《やさ》しくほほえむと、ルイスのおなかにふざけて軽《かる》いジャブを入《い》れた。先生《せんせい》は好《す》きな子《こ》にいつもこれをやる。ルイスは顔《かお》をしかめた。そして先生《せんせい》にお礼《れい》を言《い》うと、サンドバッグのところへもどった。

けれども、ルイスのやる気《き》はうせていた。男《おとこ》らしい体格《たいかく》になるのに何年《なんねん》もかかるんだったら、さっさとやめて昼《ひる》ごはんを食《た》べにいったほうがましだ。もうすぐ一時《じ》だ。ルイスはおなかがすきはじめていた。

それからしばらくして、ルイスは〈ヒームソス・ドラッグストア〉のカウンターにすわっていた。ちょうどお昼《ひる》ごはんにホットドッグを二本《ほん》とチェリーコーク二杯《はい》をたいらげ、キャプテン・マーヴェルの漫画《まんが》をパラパラとめくっているところだった。キャプテン・マーヴェルはおなじみの悪役《あくやく》たちを次々《つぎつぎ》と倒《たお》していく。マーヴェルのアッパーカットは、バコッとかドスッとかいった音《おと》をたてて敵《てき》に命中《めいちゅう》した。ルイスも何度《なんど》かこのアッパーカットを試《ため》したけれど、一度《いちど》たりとも相手《あいて》のあごに命中《めいちゅう》したことはない。パンチを浴《あ》びせようとした相手《あいて》はひょいとよけて、けらけらと笑《わら》うだけだった。

ルイスはなかの漫画《まんが》をぜんぶ読《よ》みおわると、雑誌《ざっし》のうしろをめくった。そこには、〝ハイパワー毛穴《けあな》すいとり器《き》〟などというたぐいの商品《しょうひん》の広告《こうこく》がのっていた。皮下注射器《ひかちゅうしゃき》そっくりのぞっとするような代物《しろもの》で、醜《みにく》い黒《くろ》にきびをきれいさっぱりすいとります、ということらしい。どちらかというと、思春期《ししゅんき》の悩《なや》みだろう。ルイスにはもっと別《べつ》の悩《なや》みがあるのだ。

さいごのページをめくると、チャールズ・アトラスの広告《こうこく》が出《で》てきた。その広告《こうこく》はいつもそこにあって、内容《ないよう》もいつもおなじだった。体重《たいじゅう》が四十四キロもある弱虫《よわむし》の男《おとこ》の子《こ》が主人公《しゅじんこう》の短《みじか》い漫画《まんが》だ。男《おとこ》の子《こ》は強《つよ》くなって、ビーチで顔《かお》に砂《すな》をかけた男《おとこ》に借《か》りを返《かえ》す。一番下《いちばんした》に、チャールズ・アトラス本人《ほんにん》が登場《とうじょう》する。アトラス氏《し》の白《しろ》い水着《みずぎ》を見《み》るたびに、ルイスはいつも赤《あか》ん坊《ぼう》のオムツみたいだと思《おも》った。アトラス氏《し》は全身《ぜんしん》に油《あぶら》を塗《ぬ》ったようにぎらぎらしていて、筋肉《きんにく》がはちきれんばかりに盛《も》りあがっている。そして、この〝ダイナミック屈伸体操《くっしんたいそう》〟を試《ため》してみろ、と言《い》わんばかりにルイスに向《む》かってこぶしをふりあげていた。写真《しゃしん》の下《した》に、切《き》りとれるようになったクーポン券《けん》がついていた。今《いま》までルイスは何度《なんど》もこの券《けん》を切《き》りとろうとしたけれど、いつもなにかの理由《りゆう》でやめてしまっていた。しかし今日《きょう》は、このページを破《やぶ》ってきれいにたたみ、ポケットにしのばせた。そして家《いえ》に帰《かえ》ってから、このクーポンを封筒《ふうとう》に入《い》れ、二十五セントの切手《きって》を貼《は》り、チャールズ・アトラスへ送《おく》った。

それから三、四日《か》、ルイスは食事制限《しょくじせいげん》と腕《うで》たてふせを続《つづ》けた。しかし、五日《か》も過《す》ぎると、だんだんとあきてきた。何度腕《なんどうで》をさわっても、新《あたら》しい筋肉《きんにく》がつきはじめているようすはない。それに、食事制限《しょくじせいげん》のせいでいつもいらいらしていた。やっぱりハートウィグ先生《せんせい》が言《い》っていたことは正《ただ》しかったんだ、とルイスは思《おも》いはじめた。ウッディみたいに細《ほそ》く、強《つよ》くなるのは、大変《たいへん》なことなのだ。ほんとうにほしいものを我慢《がまん》して、エクササイズみたいにおそろしくつまらないことをあくせくやらなければならない。おまけに、そうした辛《つら》いトレーニングをやったからって、望《のぞ》んだものが得《え》られるという保証《ほしょう》はどこにもないのだ。

ルイスの決心《けっしん》はだんだんとぐらつき、やがて完全《かんぜん》に崩《くず》れさった。ちょっと休《やす》んで、気分《きぶん》転換《てんかん》をしてからまたはじめることにしよう。さっそくルイスは、リーセズのピーナツバター・カップをぱくぱく食《た》べ、クリームがたっぷりのったショートケーキをおかわりした。腕《うで》たてふせもやめ、サンドバッグのそばによりつきもしなくなった。時々《ときどき》郵便物《ゆうびんぶつ》を見《み》てチャールズ・アトラスのパンフレットがきていないか探《さが》したけれど、パンフレットはいつまでたっても届《とど》かなかった。

簡単《かんたん》に強《つよ》くなれる方法《ほうほう》があったらなあ！　そうして、ルイスはバーナヴェルトのおじいさんのお守《まも》りのことを考《かんが》えるのだった。あれがほんとうに魔法《まほう》のコインだったらどんなにすてきだろう。魔法《まほう》の力《ちから》で片《かた》っぱしから敵《てき》をなぎたおし、ローズ・リタを守《まも》ってあげられたら。そしたら、すごいぞ！　もう食事制限《しょくじせいげん》のことも腕《うで》たてふせのことも忘《わす》れられる。それに……

けれどもそんな空想《くうそう》にふけるたびに、ルイスはツィマーマン夫人《ふじん》がコインを見《み》てくれたことを思《おも》いだした。あのときはきっぱりと、これは魔法《まほう》のコインではないと言《い》われたのだ。ツィマーマン夫人《ふじん》は魔法《まほう》の専門家《せんもんか》だ。まちがえることはないだろう。でも、専門家《せんもんか》だってまちがえることはある。人間《にんげん》はけっして空《そら》を飛《と》べないと言《い》いはったひとたちもいたじゃないか。こんなふうにルイスは一人《ひとり》で、そうだ、いやちがう、そうだ、いいややっぱりちがう、と堂々《どうどう》めぐりを続《つづ》け、しまいにはうんざりしてしまうのだった。そして部屋《へや》にいってひきだしからコインを取《と》りだすと、親指《おやゆび》と人差《ひとさ》し指《ゆび》でぎゅっとはさんでみる。ビリビリって感《かん》じが伝《つた》わってくるだろうか？ いや、だめだ。そしてルイスは腹《はら》を立《た》てて、コインをひきだしにつっこむと、バタンと閉《し》めた。そんなことを何度《なんど》もくりかえしたけれど、なにか起《お》こったためしはなかった。にもかかわらず、しょっちゅうコインにさわったり、願《ねが》いをかけたり、指《ゆび》ではさんだりしていたせいか、いつのまにかルイスはコインを〝魔法《まほう》のコイン〟だと思《おも》うようになった。この〝魔法《まほう》のコイン〟という言葉《ことば》は、壊《こわ》れたレコードのように頭《あたま》のなかを駆《か》けめぐった。ほかのことを考《かんが》えようとしても、すぐにこの言葉《ことば》が浮《う》かんできてしまう。魔法《まほう》のコイン。魔法《まほう》のコイン。ただの希望的観測《きぼうてきかんそく》だろうか？　それともなにかほかの力《ちから》が働《はたら》いているのだろうか？

第《だい》4章《しょう》　魔《ま》法《ほう》の本《ほん》

十月《がつ》終《お》わりの天気《てんき》のいい土曜日《どようび》の午後《ごご》、ルイスとローズ・リタはジョナサンの図書室《としょしつ》をあさっていた。部屋《へや》にただ本棚《ほんだな》を置《お》いて図書室《としょしつ》と称《しょう》しているひともいるけれど、ジョナサンのはそうではなかった。床《ゆか》から天井《てんじょう》まで本《ほん》がぎっしり詰《つ》まっているのだ。ルイスはしょっちゅうこの部屋《へや》へいっては、本《ほん》をひろいよみしたり、ただすわって考《かん》えごとをしたりしていた。今日《きょう》はローズ・リタと、二人《ふたり》で作《つく》っているローマ時代《じだい》のガレー船《せん》の帆《ほ》につけるラテン語《ご》の銘《めい》を探《さが》していた。ガレー船作《せんづく》りは、今《いま》や一大《いちだい》プロジェクトになりつつあった。ルイスとローズ・リタは毎晩《まいばん》のように、バルサ材《ざい》やらゴムセメントやらプラモデル用《よう》の接《せっ》着剤《ちゃくざい》やらに囲《かこ》まれて遅《おそ》くまで作業《さぎょう》した。船《ふね》は半分《はんぶん》ほどできていたけれど、ちょっとした細《こま》かいところでいきづまってしまうことがよくあった。ルイスは、帆《ほ》にローマの将軍《しょうぐん》ドゥイリウスの絵《え》を描《か》き、絵《え》につける銘《めい》を見《み》つけてきた。〈この十字架《じゅうじか》により、なんじは勝利《しょうり》せん〉ポール・モールのタバコの箱《はこ》からとったものだ。ふさわしいとは言《い》えなかったけれど、これしか見《み》つけられなかったのだ。ローズ・リタは、そんな銘《めい》はばかばかしくって意味《いみ》がないと思《おも》う、と言《い》った。そこで二人《ふたり》は、ジョナサンの蔵書《ぞうしょ》をひっくりかえしてラテン語《ご》の本《ほん》を見《み》つけだし、きちんと意味《いみ》のある、適当《てきとう》でふさわしい貫禄《かんろく》を持《も》つ銘《めい》を探《さが》すことにした。つまり、ローズ・リタの気《き》にいる銘《めい》を探《さが》そうというわけだ。

「ねえルイス、おじさんがもうちょっときちんと本《ほん》をしまっといてくれれば助《たす》かるのにね」ローズ・リタはブツブツと文句《もんく》を言《い》った。

「ふうん、そうかよ！　おじさんのやりかたのどこが気《き》にいらないんだ？」ルイスはローズ・リタが文句《もんく》ばかり言《い》っているのにあきあきしていたので、やりかえしたい気持《きも》ちになっていた。

「どこが気《き》にいらない？　ええ、たいしたことじゃありませんけどね。これを見《み》てよ！　ここの棚《たな》はラテン語《ご》の本《ほん》の棚《たな》のはずだけど、冒険小説《ぼうけんしょうせつ》やら古《ふる》い電話帳《でんわちょう》やらツィマーマン夫《ふ》人《じん》の書《か》いた本《ほん》まで入《はい》ってるじゃない」

ルイスはびっくりした。ツィマーマン夫人《ふじん》が本《ほん》を出《だ》していたなんて知《し》らなかったのだ。

「へえ、すごいな。どんな本《ほん》？」
「わからない。見《み》てみよ」ローズ・リタは、本棚《ほんだな》からほこりをかぶった石目模様《いしめもよう》の黒《くろ》い革《かわ》表紙《びょうし》の本《ほん》を下《お》ろした。背表紙《せびょうし》に金色《きんいろ》の文字《もじ》で題名《だいめい》が刻印《こくいん》されていた。

お守《まも》りについて
F・H・ツィマーマン
魔術学博士《まじゅつがくはかせ》

ローズ・リタとルイスは床《ゆか》のうえにしゃがんで、本《ほん》を調《しら》べた。一ページ目《め》は表題紙《ひょうだいし》だった。

魔法《まほう》のお守《まも》りの特性《とくせい》に関《かん》する研究《けんきゅう》

この学位論文《がくいろんぶん》は魔術博士号取得《まじゅつはかせごうしゅとく》のため

ゲッティンゲン大学《だいがく》魔術学部《まじゅつがくぶ》に提出《ていしゅつ》されたものの一部《いちぶ》なり。

フローレンス・ヘレン・ツィマーマン

一九二二年《ねん》　六月《がつ》十三日《にち》

英語版《えいごばん》

ルイスは目《め》をまるくした。びっくりしたし、興味《きょうみ》をそそられていた。ツィマーマン夫人《ふじん》が大学《だいがく》にいって魔女《まじょ》になるための勉強《べんきょう》をしたことは知《し》っていたけれど、この本《ほん》のことは知《し》らなかった。

「わたしたちがこの本《ほん》を見《み》たことを知《し》ったら、おじさんはかんかんになるわよ」ローズ・リタがクスクス笑《わら》いながら言《い》った。

ルイスは心配《しんぱい》そうにドアのほうを見《み》た。以前《いぜん》は、魔法《まほう》に関《かん》する本《ほん》もほかの蔵書《ぞうしょ》といっしょに棚《たな》に並《なら》べてあった。けれど、ルイスが魔法《まほう》に興味《きょうみ》を持《も》っていることを不安《ふあん》に思《おも》ったたジョナサンは、ある日見《ひみ》つけられるかぎりの魔法《まほう》の本《ほん》をごっそり持《も》ちだして、寝室《しんしつ》のたんすに移《うつ》してしまったのだ。今《いま》はすべて、かぎをかけてそこにしまいこんである。ジョナサンが忘《わす》れてしまったこの本以外《ほんいがい》は。

「どうだろう。おじさんはこの本《ほん》がここにあるってことすら知《し》らないと思《おも》うよ」ルイスは言《い》った。

「図書室《としょしつ》をちゃんと整理《せいり》しておかなかった罰《ばつ》よ」ローズ・リタは言《い》った。「さあ、読《よ》んじゃおう」

ルイスとローズ・リタは床《ゆか》にすわって、ツィマーマン夫人《ふじん》の本《ほん》をパラパラとめくった。魔法《まほう》のお守《まも》りについていろいろなことがわかってきた。ヴェルツブルグの聖《せい》アンセルムス大主教《だいしゅきょう》の遺体《いたい》で見《み》つかったふしぎな羊皮紙《ようひし》や、フランスのカトリーヌ・ド・メディシス王《おう》妃《ひ》の失《うしな》われたお守《まも》りのことも知《し》った。そして本《ほん》の最後《さいご》の章《しょう》まできた。

お守《まも》りの力《ちから》を試《ため》す方法《ほうほう》

ルイスは二階《かい》のひきだしにしまってあるコインのことを思《おも》いだし、がぜん興味《きょうみ》がわいてきた。けれども読《よ》みはじめて、がっかりした。本《ほん》に書《か》いてあるのは、コインを見《み》つけた夜《よる》にツィマーマン夫人《ふじん》が言《い》っていたこととまったくおなじだった。本物《ほんもの》の魔法使《まほうつか》いだけがお守《まも》りの力《ちから》を試《ため》すことができる。ツィマーマン夫人《ふじん》は自分《じぶん》の本《ほん》で勧《すす》めている方法《ほうほう》を使《つか》って、あの三セント硬貨《こうか》の力《ちから》を試《ため》していた。その結果《けっか》、ただのコインだとわかったのだ。

ローズ・リタはもうあきてきた。「ねえ、ルイス」ローズ・リタは、いらいらして言《い》った。

「時間《じかん》の無駄《むだ》よ。船《ふね》につけるのにいい銘《めい》があるかどうか探《さが》そう」ローズ・リタは本《ほん》を閉《と》じて、立《た》ちあがろうとした。

「ちょっと待《ま》って」ルイスは言《い》って、もう一度《いちど》本《ほん》を開《ひら》いた。「あともう一ページある。なにが書《か》いてあるか見《み》ようよ」ローズ・リタはふうっと大《おお》きなため息《いき》をついて、またすわった。二人《ふたり》は最後《さいご》のページをめくった。そこにはこう書《か》いてあった。

数《かず》は少《すく》ないが、これまで説明《せつめい》したテストには反応《はんのう》しないきわめて強《つよ》い力《ちから》を持《も》ったお守《まも》りもある。こうしたお守《まも》りは非常《ひじょう》にまれだ。筆者《ひっしゃ》もこのようなお守《まも》りにじっさい触《ふ》れたことはないし、見《み》たことすらない。が、ソロモン王《おう》が持《も》っていたお守《まも》りは、こうしたもののひとつだったと言《い》われている。聖書《せいしょ》に出《で》てくるあのシモン・マグスが盗《ぬす》むのに成功《せいこう》したお守《まも》りもやはりそのひとつで、彼《かれ》はいっとき真《しん》に偉大《いだい》なる魔法使《まほうつか》いだと考《かんが》えられた。

こうしたお守《まも》りは、その力《ちから》が強《つよ》いために、いっけん魔法《まほう》がかかっているとはわからないし、普通《ふつう》のテストには反応《はんのう》しない。しかし、以下《いか》のテストでは反応《はんのう》が見《み》られると言《い》われている。

まずお守《まも》りを左手《ひだりて》に置《お》き、三回十字《かいじゅうじ》を切《き》ってから、次《つぎ》の祈《いの》りを唱《とな》える。

「インモ　ハウド　ダエモノラム、ウンクアム　エト　ナンクアム　ウルブ　エト　オルブ、クイクイ　アザゼル　マグノペレ　ソス　エト　ウリム　エト　スムミム　イン　ノミネ　テトラグラマトス　フィアト、フィアト　アメン」

そしてもしそのお守《まも》りがほんとうに右《みぎ》で説明《せつめい》したものなら、震《ふる》えるようなビリビリという感覚《かんかく》があるはずである。この感覚《かんかく》は数秒《すうびょう》しか続《つづ》かない。その後《ご》はまたすぐに、普通《ふつう》の物体《ぶったい》と同《おな》じくごくありふれた生命《せいめい》のないものにしか見《み》えなくなる。生命《せいめい》がないように見《み》えるが、じっさいはそうではない。付《つ》けくわえておくが……

ルイスは顔《かお》をあげた。その目《め》には奇妙《きみょう》な光《ひかり》が宿《やど》っていた。

「ねえ！」ルイスは言《い》った。「二階《かい》へいってバーナヴェルトのおじいさんのコインを取《と》ってきて、たしかめてみようよ！」

ローズ・リタは、うんざりした顔《かお》でルイスを見《み》た。「かんべんしてよ、ルイス！　あれを見《み》つけた日《ひ》にツィマーマン夫人《ふじん》がテストしたのを覚《おぼ》えてるでしょ？」

「ああ。でも、こっちのテストはしなかったよ。ほんとうに力《ちから》の強《つよ》いお守《まも》りは、あのときしたテストには反応《はんのう》しないって書《か》いてあるじゃないか」

「なーるほど。それに、そういう強《つよ》いお守《まも》りはめったにないって書《か》いてあるわね」

「でも、おじいさんのコインがそのひとつかもしれないだろ。わからないじゃないか」

ローズ・リタはバンと本《ほん》を閉《と》じて、立《た》ちあがった。「ああ、もうわかったわよ！　今《いま》すぐあのばかばかしいコインを取《と》っておりてきなさいよ。それでこのおかしな呪文《じゅもん》を唱《とな》えて、どうなるか見《み》ましょ。もううんざり。あんたのばかなコインをどぶにほうりこんでやりたい。じゃあ、もしこのくだらない呪文《じゅもん》を唱《とな》えてもなにも起《お》こらなかったら、もうその話《はなし》はしないって約束《やくそく》できる？」

「うん」ルイスはにやっと笑《わら》った。

ルイスは二階《かい》へかけあがって、枕《まくら》もとのテーブルのひきだしを勢《いきお》いよくあけた。そしてなかをひっかきまわして、コインを見《み》つけた。図書室《としょしつ》にもどると、ローズ・リタは革《かわ》のひじかけ椅子《いす》にすわって、帆船《はんせん》の写真《しゃしん》がいっぱいのった大《おお》きな本《ほん》をパラパラとめくっていた。

「それで？」ローズ・リタは顔《かお》もあげずにきいた。「あった？」

ルイスは、むっとした顔《かお》でローズ・リタを見《み》た。ローズ・リタにも興味《きょうみ》を持《も》ってほしかったのだ。「ああ、あったよ。こっちへきて手《て》つだってよ」

「どうしてわたしが手《て》つだわなきゃいけないわけ？　字《じ》くらい読《よ》めるでしょ？」

「ああ、読《よ》めるさ。でも、手《て》は三本《ぼん》ないからね。一本《ぽん》の手《て》で十字《じゅうじ》を切《き》って、もう一本《ぽん》の手《て》でコインを握《にぎ》ってるんだから、呪文《じゅもん》を読《よ》めるようにきみが本《ほん》を持《も》っていてくれなきゃ」

「わかったわよ」

図書室《としょしつ》の片側《かたがわ》の壁《かべ》に、両開《りょうびら》きのガラス扉《とびら》があった。そこから屋敷《やしき》の側庭《そくてい》へ直接出《ちょくせつで》られるようになっている。ルイスとローズ・リタはこの扉《とびら》の前《まえ》に陣取《じんど》り、ルイスは扉《とびら》に背《せ》を向《む》けて立《た》った。そうすると、肩《かた》ごしに外《そと》の光《ひかり》が入《はい》って、ローズ・リタが広《ひろ》げて持《も》っている本《ほん》にあたる。ルイスは左手《ひだりて》にコインを持《も》ち、右手《みぎて》でゆっくりと十字《じゅうじ》を切《き》った。それを三回《かい》くりかえすと、カラヤン牧師《ぼくし》がミサをあげるときの口調《くちょう》をまねして呪文《じゅもん》を唱《とな》えはじめた。

「インモ　ハウド　ダエモノラム、アンクアム　エ　ナンクアム……」

ルイスが呪文《じゅもん》を唱《とな》えると、にわかに部屋《へや》が暗《くら》くなった。外《そと》のカエデのあざやかなだいだい色《いろ》の葉《は》から光《ひかり》がすっと消《き》え、強《つよ》い風《かぜ》がガラスの扉《とびら》をがたがたと鳴《な》らした。そしてバタンと扉《とびら》が開《ひら》き、風《かぜ》が部屋《へや》に吹《ふ》きこんできた。机《つくえ》のうえに置《お》いてあった辞書《じしょ》がすさまじい勢《いきお》いでパラパラとめくれ、紙《かみ》が床《ゆか》に散《ち》らばり、電球《でんきゅう》のかさはひとつ残《のこ》らずめちゃくちゃになった。ルイスはふりかえった。そしてだまって立《た》ったまま、ふしぎな薄明《うすあ》かりに包《つつ》まれた庭《にわ》をじっと見《み》つめた。その手《て》にはまだコインが固《かた》く握《にぎ》られていた。

ローズ・リタは本《ほん》を閉《と》じて、不安《ふあん》げにルイスのほうをちらりと見《み》た。ローズ・リタが立《た》っているところから、ルイスの顔《かお》は見《み》えなかった。「うへ、気味悪《きみわる》い」ローズ・リタが言《い》った。

「なんだかまるで……まるであんたが外《そと》を暗《くら》くしたみたい」

「うん。たしかにへんだね」ルイスはピクリとも動《うご》かずに、ただじっと立《た》って夜《よる》が訪《おとず》れた庭《にわ》を見《み》ていた。

「それで……コインはどうだった？」ローズ・リタの声《こえ》が緊張《きんちょう》で震《ふる》えた。

「なにもない」

「ほんとに？」

「ああ、まちがいないよ。ただのにせものだ。船《ふね》のつづきをしよう」

ルイスは急《いそ》いでかけよってガラス扉《とびら》を閉《し》めた。それからローズ・リタといっしょに、小《ちい》さなハリケーンが撒《ま》きちらしていったものを拾《ひろ》いあつめた。部屋《へや》をいったりきたりして、散《ち》らばったものをもとにもどしながら、ルイスはローズ・リタのほうを見《み》ないように気《き》をつけていた。ルイスの手《て》のなかで、コインは跳《は》ねていた。それをローズ・リタに知《し》られたくなかったのだ。

第《だい》5章《しょう》　コインの力《ちから》

ローズ・リタが帰《かえ》るとすぐに、ルイスはばたばたと地下室《ちかしつ》の階段《かいだん》をおりて、おじさんの作業部屋《さぎょうべや》にいった。そして道具箱《どうぐばこ》をひっかきまわして針金用《はりがねよう》のはさみを見《み》つけ、四苦八苦《しくはっく》したあげくなんとかコインを時計《とけい》の鎖《くさり》にくっつけていた針金《はりがね》の輪《わ》を切《き》った。それから二階《かい》へかけあがり、枕《まくら》もとのテーブルのひきだしをひっくりかえして聖《せい》アントニウスのメダルを探《さが》した。はじめての聖体拝領《せいたいはいりょう》のときにもらって、しばらくつけたあとあきてしまったものだ。針金用《はりがねよう》はさみとペンチでしばらく格闘《かくとう》して、ようやく聖《せい》アントニウスのメダルが下《さ》がっていたところにコインをつけるのに成功《せいこう》した。ルイスは鎖《くさり》を首《くび》にさげると、鏡《かがみ》をのぞきにいった。

十月《がつ》から十一月《がつ》になり、日《ひ》に日《ひ》に寒《さむ》さが増《ま》してきた。朝《あさ》、玄関《げんかん》のドアを開《あ》けると、自分《じぶん》の息《いき》が白《しろ》く見《み》える。ルイスは魔法《まほう》のコインを肌身《はだみ》はなさずつけていた。教会《きょうかい》へいくときも、学校《がっこう》へいくときも、夜寝《よるね》るときすら外《はず》さなかった。ジョナサンとツィマーマン夫人《ふじん》とローズ・リタはそれぞれ別々《べつべつ》のときに、ルイスが首《くび》から鎖《くさり》をぶらさげているのに気《き》づいたけれど、またルイスが聖《せい》アントニウスのメダルをつけることにしたのだとしか思《おも》わなかった。部屋《へや》で服《ふく》を着《き》がえるときも、ルイスはかならずドアにカギがかかっていることをたしかめた。

コインがもたらす気持《きも》ちを説明《せつめい》するのは難《むずか》しかった。ルイスが思《おも》いつくなかでは、ビジュー映画館《えいがかん》へいって海賊映画《かいぞくえいが》を見《み》たときの気分《きぶん》が一番近《いちばんちか》かった。ルイスは短剣《たんけん》の決闘《けっとう》や、舷側砲《げんそくほう》のとどろき、煙《けむり》や戦《たたか》いや血《ち》が大好《だいす》きだった。映画《えいが》を見終《みお》わって外《そと》の通《とお》りに出《で》るころには、わきに剣《けん》をさげ、ベルトに長《なが》い海賊《かいぞく》のピストルをさしている気《き》になっている。家《いえ》に向《む》かって歩《ある》きながら、厚《あつ》いマントにすっぽりと身《み》を包《つつ》み、とあるスペインの港《みなと》の船着場《ふなつきば》を獲物《えもの》を求《もと》めてさまよい、砲撃《ほうげき》の衝撃《しょうげき》で震《ふる》える後甲板《こうかんぱん》のうえをむっつりと歩《ある》きまわる自分《じぶん》の姿《すがた》を思《おも》いえがく。そのときのルイスは、残忍《ざんにん》で、強《つよ》く、勇敢《ゆうかん》で、冷酷《れいこく》で、無慈悲《むじひ》だった。そんなすばらしい気分《きぶん》が、家《いえ》に帰《かえ》るとちゅうまで続《つづ》く。そしてまた、いつものつまらない平凡《へいぼん》なルイスにもどるのだった。

魔法《まほう》のコインがもたらす気分《きぶん》は、そんな海賊映画《かいぞくえいが》を見《み》たときの気分《きぶん》にちょっと似《に》ていたけれど、ひとつだけちがうのは、コインのほうがそれが長《なが》く続《つづ》くということだった。コインの影響《えいきょう》はほかにもあった。まず、ルイスは自分《じぶん》の頭《あたま》が計画《けいかく》や策略《さくりゃく》ではちきれそうになっていることに気《き》づいた。歩《ある》いているときも、ウッディ・ミンゴや自分《じぶん》をいじめた子《こ》たちに仕返《しかえ》しをする方法《ほうほう》が次々《つぎつぎ》と浮《う》かんでくる。もちろん、魔法《まほう》のコインが現《あらわ》れるまえから仕返《しかえ》ししてやりたいとは思《おも》っていたけれど、今《いま》みたいにすごい計画《けいかく》を思《おも》いついたことはなかった。たまにあまりのおそろしさに、頭《あたま》からふりはらわなければならないほどだった。

それに、夜《よる》に夢《ゆめ》を見《み》ることも多《おお》くなったようだった。夢《ゆめ》は色《いろ》つきで、うしろに音楽《おんがく》が流《なが》れている。気分《きぶん》を高揚《こうよう》させるような軍歌《ぐんか》だった。ルイスは自分《じぶん》が軍《ぐん》の先頭《せんとう》にたって馬《うま》を進《すす》めているところや、騎士《きし》たちをひきつれ城壁《じょうへき》を乗《の》りこえているところを夢見《ゆめみ》た。ほかにも、心底《しんそこ》おそろしい夢《ゆめ》を見《み》たが、どんな夢《ゆめ》だったかは思《おも》いだせなかった。起《お》きたとき、そういう夢《ゆめ》を見《み》たという感覚《かんかく》だけが残《のこ》っているのだった。

こうしてルイスはコインを身《み》につけ、コインがなにかしてくれるのを待《ま》った。そのころ、ルイスの毎日《まいにち》は、ウッディ・ミンゴのせいでほんとうにみじめなものになりつつあった。

まるでウッディはろくに寝《ね》もしないで、どんな意地悪《いじわる》をしてやろうか考《かんが》えているみたいだった。たとえば学校《がっこう》では、どうにかしてルイスの近《ちか》くの席《せき》をとり、ハガーティ先生《せんせい》がうしろを向《む》いたとたん、通路《つうろ》ごしにぱっと手《て》を出《だ》してルイスの首《くび》をつねった。それも思《おも》いきり。おかげでずっとあとまで、首《くび》がずきずきした。トイレでいっしょになれば、ルイスのおしりを突《つ》つき、ルイスが死《し》んだ動物《どうぶつ》をこわがっていると知《し》れば、カバンに死《し》んだネズミを入《い》れた。なかでも一番頭《いちばんあたま》にきたのは、火災避難訓練《かさいひなんくんれん》のとき階段《かいだん》を行進《こうしん》させられたことだ。ルイスの学校《がっこう》は古《ふる》いレンガの高《たか》い建物《たてもの》で、今《いま》にも崩《くず》れそうな木《き》の階段《かいだん》があった。六年生《ねんせい》の教室《きょうしつ》は二階《かい》だったから、火災報知器《かさいほうちき》のベルが鳴《な》ると、全員階段《ぜんいんかいだん》のうえに並《なら》んだ。ウッディはすばやくルイスのうしろに入《はい》りこみ、ルイスのお尻《しり》のポケットに片方《かたほう》ずつ手《て》を入《い》れると、「右尻《みぎしり》、左尻《ひだりしり》、おいちにさんし、進《すす》め！」とやったのだ。下《した》までおりたとき、ルイスはくやしくて震《ふる》えながら目《め》に涙《なみだ》を浮《う》かべていた。

ルイスはどうしてウッディが自分《じぶん》を選《えら》んだのかわからなかった。道《みち》を歩《ある》いていると、いきなり飛《と》びかかってきて名前《なまえ》を言《い》わせ、腕《うで》を二、三発殴《ぱつなぐ》るまではなしてくれないような連《れん》中《ちゅう》だってそうだ。やつらはいじめっ子《こ》で、ウッディもおなじだ。そういう子《こ》はなぜか、ルイスに関心《かんしん》を持《も》つのだ。ルイスは魔法《まほう》のコインの助《たす》けでウッディに立《た》ち向《む》かえる日《ひ》を心待《こころま》ちにしたけれど、そういうことは起《お》こらなかった。コインを首《くび》にさげ、海賊《かいぞく》の黒《くろ》ひげや宇《う》宙飛行士《ちゅうひこうし》のトム・コーベットにでもなったような気持《きも》ちで歩《ある》いていても、ウッディに出《で》くわすと、たちまち勇気《ゆうき》は消《き》えうせ、ウッディのポケットにある赤《あか》い柄《がら》のジャックナイフのことしか考《かんが》えられなくなってしまう。けれど、今《いま》にコインが助《たす》けてくれるだろう。ルイスは祈《いの》った。

ある晩《ばん》、ルイスはベッドのなかで、どうやってウッディ・ミンゴに仕返《しかえ》しをしてやろうか考《かんが》えていた。野球《やきゅう》のボールに爆弾《ばくだん》をしかけてやろうか、ピーナツバター・サンドに毒《どく》を盛《も》ろうか、落《お》とし穴《あな》を作《つく》って油《あぶら》の煮《に》えたぎった大釜《おおがま》に落《お》としてやろうか。そんな空想《くうそう》にふけりながら眠《ねむ》ったのだから、血《ち》わき肉《にく》おどるような夢《ゆめ》を見《み》たとしてもなんのふしぎもなかったかもしれない。

夢《ゆめ》のなかで、ルイスは背《せ》が高《たか》くたくましいバイキングの首領《しゅりょう》になっていた。仲間《なかま》たちと、インディアンたちの攻撃《こうげき》を退《しりぞ》けようと戦《たたか》っている。どこかで見《み》たことのある場所《ばしょ》だった。ワイルダー・クリーク公園《こうえん》だ。町《まち》の境界線《きょうかいせん》のすぐ外《そと》にあって、ルイスは何度《なんど》もピクニックにいったことがあった。でも、夢《ゆめ》のなかの公園《こうえん》には木《き》のテーブルやレンガのかまどはなく、草《くさ》が生《お》い茂《しげ》っていた。ルイスと家来《けらい》たちは公園《こうえん》のまんなかに追《お》いつめられ、輪《わ》になって四《し》方《ほう》から攻《せ》めてくるインディアンたちと戦《たたか》った。

次《つぎ》の朝《あさ》、目《め》が覚《さ》めたとき、ルイスはへとへとに疲《つか》れていた。疲《つか》れていたけれど、満足感《まんぞくかん》と勝利《しょうり》の感動《かんどう》に酔《よ》いしれてもいた。まるでフットボールの競技場《きょうぎじょう》で八十ヤードのタッチダウンを決《き》めたばかりのようだ。ルイスはしばらくベッドのはしにこしかけて、夢《ゆめ》のことを思《おも》いだしていた。そしてパジャマのシャツの下《した》に手《て》を入《い》れ、コインにさわった。ちぇっ！　コインはあいかわらずどこにでもあるありふれたコインのままだった。ツィマーマン夫人《ふじん》の本《ほん》にのっていた呪文《じゅもん》を唱《とな》えたときは、たしかに手《て》のなかで跳《は》ねてビリビリという感覚《かんかく》がきたのに。ルイスはがっかりした。ほんとうに力《ちから》のあるお守《まも》りは生命《せいめい》がないように見《み》えることはわかっていたけれど、それでもやっぱりがっかりした。こんな夢《ゆめ》を見《み》たあとは、まっかに焼《や》けているはずだ。すくなくとも、それがルイスの抱《いだ》いているイメージだった。ルイスはコインを持《も》ちあげて、疑《うたが》わしそうにじろじろと見《み》た。結局今《けっきょくいま》まで、コインはなにもしてくれていない。現実《げんじつ》にはなにもだ。ただおかしな気持《きも》ちにさせたり、へんな夢《ゆめ》を見《み》せたりするだけ。それだって、このコインがやったとはかぎらない。ぜんぶ、自分《じぶん》の心《こころ》のなかから出《で》てきただけかもしれないのだ。

ルイスはわけがわからなくなってきた。そして着《き》がえながらもう少《すこ》し考《かんが》えてみた。あのときコインが動《うご》いたことはたしかだ……でも、ほんとうにそうだろうか？ なにもないのに、つねられたり刺《さ》されたりしたようなへんな感《かん》じがすることがあるじゃないか。前《まえ》に一度《いちど》、夏《なつ》の暑《あつ》いときに、背中《せなか》を虫《むし》がはっているような感《かん》じがして、シャツをぬいで見《み》てみたことがある。でも、なにもいなかった。もし……なに考《かんが》えてんだ！ ばかばかしい！ ルイスは頭《あたま》をぶるぶるとふって、頭蓋骨《ずがいこつ》を震動《しんどう》させるような勢《いきお》いでぶつかりあっている考《かんが》えをすべて追《お》いはらった。着《き》がえおわったころには、いくらか気分《きぶん》がよくなっていた。それどころか、だんだんと例《れい》の海賊映画《かいぞくえいが》を見《み》たあとの気分《きぶん》がよみがえってきた。鏡《かがみ》に映《うつ》った自《じ》分《ぶん》の姿《すがた》を見《み》る。そして、コインを軽《かる》く叩《たた》いた。コインは聞《き》いていたはずだ。ぼくがコイン自分《じぶん》の力《ちから》を証明《しょうめい》する機会《きかい》がほしいと思《おも》っているにちがいない。よし、チャンスをやろう。今日《きょう》こそ、コインの助《たす》けを借《か》りて、ウッディ・ミの力《ちから》を疑《うたが》いだしたのがわかっただろう。ンゴをやっつけてやる。

第《だい》6章《しょう》　けんか

朝《あさ》ごはんのとき、ルイスはツィマーマン夫人《ふじん》にお弁当《べんとう》を作《つく》ってくれるよう頼《たの》んだ。これからは昼休《ひるやす》みも学校《がっこう》で過《す》ごすことにしたんだ、とルイスは言《い》った。それを聞《き》いて、ジョナサンとツィマーマン夫人《ふじん》はうれしそうににっこりした。ルイスが逃亡者《とうぼうしゃ》かなにかみたいにこそこそと帰《かえ》ってくるかわりに、ほかの男《おとこ》の子《こ》たちと遊《あそ》ぶことにしたのがうれしかったのだ。それに出《で》かけていくとき、ルイスは満面《まんめん》の笑《え》みを浮《う》かべていた。

「ローズ・リタの影響《えいきょう》だな」ジョナサンは二杯目《はいめ》のコーヒーを注《そそ》ぎながら言《い》った。「このまま仲《なか》よくしてくれるといいんだが」

ツィマーマン夫人《ふじん》は立《た》ったまま、じっと玄関《げんかん》を見《み》つめていた。そして考《かんが》えこんだようにポリポリとあごをかいた。「たしかにいいことなんでしょうね」ツィマーマン夫人《ふじん》はゆっくりと言《い》った。「だけど、最近《さいきん》のルイスはどこかおかしいような気《き》がしてしょうがないんですよ。はっきりこれだ、って言《い》えるわけじゃないんですけどね、なにかよくないことが起《お》こってる感《かん》じがするんです。あの子《こ》がひどく疲《つか》れたようすなのに気《き》づいたかしら？　目《め》のまわりなんかね。なのに学校《がっこう》へいきたくってうずうずしてるんですから。へんですよ」

ジョナサンは肩《かた》をすくめた。「ルイスみたいな男《おとこ》の子《こ》がなにかちがうことをやるときは、いつだっておかしく見《み》えるもんさ。わたしは心配《しんぱい》しとらんよ。あの子《こ》は自分《じぶん》がやっていることくらいわかっているさ」


ルイスは学校《がっこう》へいくあいだじゅう、鼻歌《はなうた》で行進曲《こうしんきょく》を歌《うた》っていた。気分《きぶん》は最高《さいこう》だった。ところが昼休《ひるやす》みがきて、お弁当《べんとう》を食《た》べおわったころには、そんな気分《きぶん》はすっかり失《う》せていた。不安《ふあん》がふくらんでくる。校庭《こうてい》のすみまでくるにはきたが、勇気《ゆうき》が潮《しお》のようにひいていくのがわかった。ひきかえして、家《いえ》へ帰《かえ》ろうか？　ルイスはためらった。でも、勇気《ゆうき》をふるいおこしてお守《まも》りをポンと叩《たた》き、緊張《きんちょう》したようすで足早《あしばや》に歩《ある》いていった。

校庭《こうてい》は、十一月《がつ》のどんよりとした空《そら》におおわれていた。フットボールのグラウンドと野《や》球《きゅう》のグラウンドは一面《いちめん》に足跡《あしあと》と自転車《じてんしゃ》のタイヤの跡《あと》がつき、カチカチに凍《こお》っていた。あちこちにある水《みず》たまりも凍《こお》っている。男《おとこ》の子《こ》たちはフットボールをしようとしていた。みんなチームを分《わ》けるために並《なら》び、キャプテンの子《こ》が二人《ふたり》、どちらから先《さき》にメンバーを選《えら》ぶかコインを投《な》げて決《き》めていた。近《ちか》づいていくと、なかにウッディがいるのが見《み》えた。さらにルイスの勇気《ゆうき》はしぼんだ。家《いえ》に逃《に》げかえりたい。しかし、こわいという気持《きも》ちを抑《おさ》え、なんとか踏《ふ》みとどまった。

ルイスは、選《えら》ばれるのを待《ま》っている男《おとこ》の子《こ》たちのなかにまぎれこんだ。そしてポケットに手《て》を入《い》れ、どうかだれもぼくに気《き》づきませんように、と祈《いの》りながら立《た》っていた。横《よこ》でぴょんぴょん飛《と》びはねながらわき腹《ばら》を叩《たた》いていた男《おとこ》の子《こ》は、跳《は》ねるのをやめて、まるで宇《う》宙《ちゅう》からきた訪問者《ほうもんしゃ》を見《み》るような目《め》つきでルイスを見《み》た。いったいこのデブはここでなにをやってんだ？

一人《ひとり》、また一人《ひとり》と選《えら》ばれ、最後《さいご》に二人《ふたり》残《のこ》った。ウッディとルイスだ。ウッディはルイスのほうを見《み》ると、にやっと笑《わら》った。

「おでぶちゃんじゃないか。おじさんがカゴから出《だ》してくれたのかい？」

ルイスはひたすら地面《じめん》を見《み》つめた。

キャプテンは、トム・ルッツとデーヴ・シェレンバーガーだった。次《つぎ》はトムが選《えら》ぶ番《ばん》だ。トムはウッディとルイスをかわるがわる見《み》つめた。ウッディはスポーツが得意《とくい》だけれど、しょっちゅうもめごとを起《お》こすのでみんななるべく選《えら》ばないようにしていた。

「まあいいか、こい、ウッディ」トムはぶつぶつと言《い》った。ウッディはトムのチームのほうへ歩《ある》いていった。

一瞬《いっしゅん》、デーヴ・シェレンバーガーは、ルイスに帰《かえ》れと言《い》おうとしたように見《み》えた。ルイスがごくたまにゲームに入《はい》ろうとグラウンドにいくと、たいていそういうことになる。ところが、今回《こんかい》はなぜかデーヴはルイスを入《い》れる気《き》になり、自分《じぶん》のほうにくるよう合図《あいず》した。

「こい、デブ。センターにしてやる。ラインに、デブがいるのもいいだろう」

試合《しあい》に出《で》ることになったのだ。ルイスは信《しん》じられない気持《きも》ちだった。

キックオフのあと、ルイスのチームはボールをとりかえした。ルイスは前《まえ》かがみになり、足《あし》を大《おお》きく開《ひら》いて、凍《こお》ったグラウンドにボールをこすりつけた。クォーターバックが数《かぞ》えはじめる。

「四十二……二十四……三……〇……十四……」

突然《とつぜん》ものすごい衝撃《しょうげき》がきた。さっきまで地面《じめん》を見《み》ていたのに、仰向《あおむ》けになってどんよりとした灰色《はいいろ》の空《そら》を見《み》あげていた。

「おっと、わるいな。フライングをしちまったみたいだ」もちろん、ウッディだった。

「おい、ウッディ、やめろよ！」デーヴが叫《さけ》んだ。「そういうくだらないことはよせ、わかったな？」

「おでぶちゃんが動《うご》いたと思《おも》ったのさ」ウッディは、転《ころ》がっているルイスを指《ゆび》さして言《い》った。

「割《わ》ってないぞ。それから、おでぶちゃんって言《い》うのをやめろ！」ルイスは怒《いか》りで顔《かお》をまっかにして立《た》ちあがった。

「だってそれがおまえの名前《なまえ》だろ、おでぶちゃん」ウッディは気《き》にもとめずに言《い》った。

「それとも、ほかにあるのか？」

ルイスは腕《うで》をふりあげ、ウッディの腹《はら》にパンチを食《く》らわした。ウッディは腹《はら》をぎゅっとつかんだ。その目《め》には、痛《いた》みと驚《おどろ》きの色《いろ》が浮《う》かんでいた。ほんとうに痛《いた》かったのだ。まわりに立《た》っていた子《こ》たちは驚《おどろ》いて息《いき》を飲《の》んだ。だれかが叫《さけ》んだ。「けんかだ、けんかつばをはくと、ののしった。「いいか、脂肪《しぼう》のかたまりめ」ウッディはほえて、げんこつをふりかざした。「覚悟《かくご》しろ」

ルイスはあとずさりした。うしろを向《む》いて逃《に》げようとした瞬間《しゅんかん》、ウッディが飛《と》びかかり、パンチを浴《あ》びせた。げんこつが雨《あめ》あられと肩《かた》にふりそそぐ。ルイスはウッディに突進《とっしん》し、しがみついた。二人《ふたり》はどっと倒《たお》れ、地面《じめん》を転《ころ》げまわった。ウッディがうえになり、ルイスの頭《あたま》を凍《こお》った水《みず》たまりに押《お》しつけた。薄《うす》い氷《こおり》が割《わ》れ、冷《つめ》たい水《みず》が頭皮《とうひ》にしみこんだ。

空《そら》を見《み》あげると、興味津々《きょうみしんしん》の顔《かお》がぐるりと取《と》りかこんでいた。ウッディはルイスに馬《うま》のりになって、勝《か》ちほこったように笑《わら》った。

「さあどうぞ、おでぶちゃん。みんなに自分《じぶん》の名前《なまえ》を言《い》ってみな」ウッディはルイスの顔《かお》に手《て》をあて、ぐいと押《お》した。氷《こおり》のように冷《つめ》たい水《みず》が耳《みみ》に入《はい》りこんだ。

「いやだ」

「言《い》えと言《い》ったんだ！　自分《じぶん》の名前《なまえ》を言《い》え！」ウッディはルイスのわき腹《ばら》にひざを食《く》いこませた。クルミ割《わ》り器《き》にはさまれたみたいだ。

いきなりルイスが起《お》きあがったので、ウッディは仰向《あおむ》けに倒《たお》された。またもや二人《ふたり》はゴロゴロと地面《じめん》を転《ころ》げまわり、今度《こんど》はルイスがうえになった。ウッディの胸《むね》に全体重《ぜんたいじゅう》をかける。しかし、ウッディはあいているほうの腕《うで》でルイスの耳《みみ》にパンチを食《く》らわした。耳《みみ》がずきずきしたが、ルイスは動《うご》かなかった。そしてウッディの髪《かみ》をつかむと、地面《じめん》に叩《たた》きつけた。

「おい、ウッディ、降参《こうさん》しろ！」

ウッディは、挑戦的《ちょうせんてき》なまなざしでルイスをにらみつけた。「するもんか」

ルイスはこぶしをふりあげたが、ためらった。倒《たお》れている者《もの》を殴《なぐ》るなんて最低《さいてい》だと、むかしから言《い》われていたからだ。このままウッディが参《まい》ったというまで、うえにのっかっていればいいんじゃないか？　ところがそんなことを考《かんが》えているうちに、なにかほかの力《ちから》がルイスの手《て》をつかみ、ウッディの鼻《はな》めがけてふりおろした。ウッディの鼻《はな》から血《ち》が噴《ふ》きだし、口《くち》やあごまで伝《つた》いおちた。

ルイスはさっと手《て》を引《ひ》っこめて、ぎゅっと胸《むね》のところをつかんだ。はなしたらなにをしでかすかわからないと思《おも》ったのだ。見《み》おろすと、ウッディが恐怖《きょうふ》に見開《みひら》いた目《め》でルイスを見《み》ていた。

「こ、降参《こうさん》する」ウッディはつかえながら言《い》った。

ルイスは起《お》きあがって、うしろに下《さ》がった。けんかを見《み》ていた男《おとこ》の子《こ》たちは信《しん》じられないというように、たがいに顔《かお》を見《み》あわせた。だれも、なんて言《い》ったらいいのかわからなかった。みんな、ウッディがルイスをこてんぱんにやっつけると思《おも》っていたのだ。

ウッディはゆっくりと起《お》きあがった。ウッディは泣《な》きながら、袖《そで》で鼻血《はなぢ》をふいた。一人《ひとり》の子《こ》が冷《つめ》たい布《ぬの》をとりに校舎《こうしゃ》にかけこんでいった。待《ま》っているあいだ、ほかの男《おとこ》の子《こ》がウッディにうえを向《む》いて鼻《はな》の根《ね》もとのあたりを指《ゆび》で押《お》さえているよう教《おし》えてやった。しばらくは、ルイスはヒーローだった。デーヴ・シェレンバーガーはルイスの背中《せなか》をぽんと叩《たた》くと言《い》った。「やったじゃないか、え！」トレーニングでもしたのかい、ときいてくる子《こ》もいた。ようやくウッディの鼻《はな》がひと段落《だんらく》つくと、みんなはルイスに、もうちょっとフットボールをやろうと言《い》った。デーヴは、もしやりたければフルバックをやってもいいぞ、と言《い》った。でも、ルイスは言《い》った。「やあ、ありがとう、でもいいや。ちょっと用事《ようじ》があったのを思《おも》いだしたんだ。またね」ルイスは手《て》をふって、歩《ある》きはじめた。

ほんとうは用事《ようじ》なんてなかったのだ。ただ一人《ひとり》になって考《かんが》えたかったのだ。ルイスはみんなから離《はな》れ、校庭《こうてい》の静《しず》かな場所《ばしょ》までいって歩《ある》きまわった。歩《ある》きながら、ルイスは考《かんが》えた。

かねがねルイスは勝《か》ったあとはすばらしい気持《きも》ちがするにちがいないと思《おも》っていた。でも、そうではなかった。おかしなことに、みんなが見《み》ている前《まえ》で恥《はじ》をかかされたウッディが気《き》の毒《どく》でしょうがなかった。今《いま》までウッディは強《つよ》いやつで通《とお》っていた。これでみんな、ウッディのことをいじめだすだろう。それにもうひとつ、ひっかかっていることがあった。ルイスはウッディの鼻《はな》を殴《なぐ》るつもりはなかった。なのに、まるでだれかが腕《うで》をつかんで、ふりおろしたみたいだ。お守《まも》りがやったにちがいない。でも、ルイスは気《き》にいらなかった。まるで操《あやつ》り人形《にんぎょう》みたいに動《うご》かされるなんてごめんだ。たしかに魔法《まほう》の助《たす》けはほしかったけれど、自分《じぶん》の手《て》に負《お》えなくなるのはいやだ。

さらにもう少《すこ》し歩《ある》きまわってから、ルイスは時計《とけい》をひっぱりだして時間《じかん》を見《み》た。そろそろ昼休《ひるやす》みも終《お》わりだ。きっとローズ・リタになにがあったか話《はな》せば、もっとすっきりするだろう。もちろん、お守《まも》りのことは抜《ぬ》かして。よし、そうしよう。ローズ・リタにウッディとの大勝負《おおしょうぶ》のことを話《はな》すんだ。きっとほこらしく思《おも》ってくれるにちがいない。そうしたら、もっと気分《きぶん》もよくなるだろう。

ローズ・リタならどこにいるのかわかっていた。女子《じょし》のソフトボールの試合《しあい》でピッチャーをしているはずだ。今《いま》はソフトボールのシーズンではないけれど、女《おんな》の子《こ》はスクラムを組《く》んでスカートを泥《どろ》だらけにするのは禁止《きんし》されていたから、秋《あき》から雪《ゆき》がふりはじめるまでずっとソフトボールをやっていた。

女《おんな》の子《こ》たちのソフトボールのグラウンドに着《つ》くと、ちょうどローズ・リタがボールを投《な》げたところだった。黄色《きいろ》いお下《さ》げの女《おんな》の子《こ》が、まるで薪《まき》を割《わ》るみたいにバットをふった。からぶりだった。

それでその回《かい》は終《お》わり、どちらにしろベルが鳴《な》って、教室《きょうしつ》にもどらなければならなかった。ローズ・リタもグラウンドからひきあげてきたけれど、不機嫌《ふきげん》そうな顔《かお》をしていた。けれどもルイスを見《み》たとたん、顔《かお》がぱっと明《あか》るくなった。

「ルイス！」ローズ・リタは大声《おおごえ》で呼《よ》んで、手《て》をふった。そしてルイスの前《まえ》でとまると、おそろしい顔《かお》をして自分《じぶん》のこめかみに指《ゆび》をつきたて、銃《じゅう》をぶっぱなすまねをした。「バン！」

「なにかあったの？」ルイスはきいた。

「べつに。ロイス・カーヴァーがへたくそなのよ。打席《だせき》に立《た》つたびに三振《さんしん》だから、今度《こんど》は目《め》をつぶって投《な》げたらどうなるかみてやろうと思《おも》ったの。結局《けっきょく》また三振《さんしん》だったけどね」

「へえ？」ルイスは半分上《はんぶんうわ》の空《そら》だった。けんかの話《はなし》をしたくてしょうがなかったのだ。

「ウッディ・ミンゴとけんかしたんだ」ルイスは言《い》った。

ローズ・リタはびっくりした顔《かお》をした。「ほんとに？　それで耳《みみ》がはれてるわけ？」

「ああ、でも、やつはもっとひどい目《め》にあったはずさ。顔《かお》に、一発《いっぱつ》おみまいしてやったからね！」ルイスはさっきのパンチのまねをしてみせた。

ローズ・リタは、うたがわしげにルイスを見《み》た。「ちょっと、ルイス！　作《つく》り話《ばなし》はやめて！　わたしにうそつくことないじゃないの。あんたがやられたからって、ばかにしたりしないよ」

ルイスはかあっと頭《あたま》に血《ち》がのぼった。そして声《こえ》をはりあげて食《く》ってかかった。「よくわかったよ、それがきみの考《かんが》えなら、ぼくはほかで親友《しんゆう》を探《さが》すことにする」ルイスはくるりときびすを返《かえ》すと、「じゃあな！」と捨《す》てぜりふを残《のこ》して歩《ある》きさった。

ルイスは校舎《こうしゃ》のほうへどんどん歩《ある》いていった。足《あし》をゆるめず、ふりかえりもしなかった。

入口《いりぐち》まできたとき、ルイスは自分《じぶん》が泣《な》いているのに気《き》づいた。

第《だい》7章《しょう》　奇《き》妙《みょう》な幻《まぼろし》

その日《ひ》、ルイスは学校《がっこう》から帰《かえ》ってくると、すぐにローズ・リタに電話《でんわ》をかけた。でもおかあさんが出《で》て、あの子《こ》はまだ帰《かえ》っていないのよ、と言《い》った。その夜《よる》、ルイスがもう一度《いちど》電話《でんわ》をかけると、今度《こんど》は本人《ほんにん》が出《で》た。二人《ふたり》は同時《どうじ》に謝《あやま》ろうとした。あれからローズ・リタは、いろいろな子《こ》からウッディとルイスのけんかのことを聞《き》いて、疑《うたが》ったことを後悔《こうかい》していた。ルイスはルイスで、癇癪《かんしゃく》をおこしたことを謝《あやま》った。そしてその話《はなし》は終《お》わりになり、すべてが元《もと》どおりになったように思《おも》えた。すくなくとも、しばらくのあいだは。

ウッディ・ミンゴとけんかしてから二、三日《にち》が過《す》ぎた。そのころからルイスはだれかが訪《たず》ねてくるような予感《よかん》に襲《おそ》われるようになった。なぜかはわからないけれど、はっきりとそう感《かん》じるのだ。はじまりは、食卓《しょくたく》の用意《ようい》をしているときだった。ルイスはナイフを落《お》としてしまった。すると、ふと古《ふる》くからのことわざが浮《う》かんできた。〝ナイフを落《お》とすと、客《きゃく》がくる〟。ルイスはことわざとか迷信《めいしん》はあまり信《しん》じないほうだった。けれど、今回《こんかい》はその感《かん》じがあまりに強《つよ》いので、古《ふる》くからのことわざにはやはりなにかあるものなのかな、と思《おも》いはじめた。

その夜《よる》、出窓《でまど》の台《だい》に置《お》いたクッションにこしかけていると、雪《ゆき》がふってきた。その冬《ふゆ》、はじめての雪《ゆき》だった。ルイスはいつも初雪《はつゆき》を待《ま》ちこがれていて、積《つ》もらないと腹《はら》をたてたものだけれど、今夜《こんや》の雪《ゆき》は積《つ》もりそうだった。窓《まど》の外《そと》で渦《うず》をまき、高《たか》いクリの木《き》の下《した》に吹《ふ》きよせられた雪《ゆき》は幻想的《げんそうてき》な形《かたち》になっている。家《いえ》の向《む》かいに立《た》っている街灯《がいとう》の冷《つめ》たい光《ひかり》を浴《あ》びてキラキラ輝《かがや》いていた。窓《まど》の横桟《よこさん》や玄関《げんかん》の階段《かいだん》にも雪《ゆき》が積《つ》もっている。

ルイスは、雪《ゆき》がたくさん積《つ》もったらやることを、ひとつひとつ思《おも》いうかべた。ローズ・リタとマレー・ヒルへそりをしにいく。夜《よる》にジョナサンとツィマーマン夫人《ふじん》と教会《きょうかい》から歩《ある》いて帰《かえ》る。月明《つきあ》かりに照《て》らされた雪道《ゆきみち》を一人《ひとり》で散歩《さんぽ》する。歩道《ほどう》と車道《しゃどう》のあいだの雪《ゆき》の壁《かべ》を城壁《じょうへき》に見《み》たてて、敵《てき》の攻撃《こうげき》を食《く》いとめる方法《ほうほう》を考《かんが》えながら歩《ある》いているつもりになる。

ルイスは目《め》を閉《と》じた。とても幸《しあわ》せだった。すると、閉《と》じた目《め》の前《まえ》に、ある風景《ふうけい》が浮《う》かんできた。ひどく奇妙《きみょう》な風景《ふうけい》だった。

寝《ね》るまえに、暗《くら》やみのなかでそういった風景《ふうけい》を見《み》ることがある。なかでもコンスタンティノープルやロンドンの街《まち》はよく現《あらわ》れた。それも、かなりはっきりと見《み》える。コンスタンティノープルもロンドンもいったことはないから、街《まち》のようすなんて知《し》らないはずなのに、ルイスはそうにちがいないと思《おも》っていた。ドームやミナレット（イスラム教寺院《きょうじいん》の尖塔《せんとう》）や尖《とが》り屋根《やね》、それに大通《おおどお》りや並木道《なみきみち》などが、まぶたの裏《うら》にくっきりと浮《う》かびあがるのだ。

今回浮《こんかいう》かんできた風景《ふうけい》のなかには、男《おとこ》がいた。ホーマー街道《かいどう》をニュー・ゼベダイへ向《む》かって歩《ある》いている。ホーマー街道《かいどう》はうねうねとしたいなか道《みち》で、ニュー・ゼベダイからホーマーという小《ちい》さな町《まち》まで続《つづ》いていた。この夏《なつ》、ルイスはツィマーマン夫人《ふじん》のライアン湖《こ》の別荘《べっそう》にいくのに、何度《なんど》もこの街道《かいどう》を通《とお》っていた。ルイスはじっと目《め》をこらした。風景《ふうけい》は動《うご》いていた。男《おとこ》は街道《かいどう》のまんなかをまっすぐ歩《ある》いてくる。うしろの雪《ゆき》に、点々《てんてん》と足《あし》あとがついている。明《あ》かりといえば月光《げっこう》だけなので、男《おとこ》の姿《すがた》ははっきりとは見《み》えない。ほんとうのところ、男《おとこ》か女《おんな》かさえよくわからない。けれど、なぜかルイスは男《おとこ》だと確信《かくしん》していた。男《おとこ》は長《なが》いコートを足《あし》もとにまとわりつかせながら、早足《はやあし》で歩《ある》いていた。

男《おとこ》は、エルドリッジ・コーナーのガソリンスタンドの横《よこ》を通《とお》りすぎた。そこで立《た》ちどまり、古《ふる》い錆《さ》びた標識《ひょうしき》を見《み》やると、ふたまたを折《お》れて、こうこうと明《あ》かりをつけてブンブンうなっている発電所《はつでんしょ》の前《まえ》を過《す》ぎた。さらに町《まち》の境界線《きょうかいせん》のすぐ外《そと》を走《はし》っている鉄道線路《てつどうせんろ》を越《こ》えた。

ルイスは目《め》をあけて、雪《ゆき》のふっている中庭《なかにわ》を眺《なが》めた。そして頭《あたま》をふった。目《め》の前《まえ》に現《あらわ》れた風景《ふうけい》が好《す》きなのかどうか自分《じぶん》でもわからなかった。どうしてあの暗《くら》い人影《ひとかげ》がこわいのかわからない。でもルイスはこわかった。どうかあの男《おとこ》が例《れい》のお客《きゃく》じゃありませんように、とルイスは祈《いの》った。

その奇妙《きみょう》な幻《まぼろし》を見《み》た夜《よる》から数日後《すうじつご》、また別《べつ》のことが起《お》こった。ローズ・リタの家《いえ》からの帰《かえ》り道《みち》だった。ルイスが自分《じぶん》の影《かげ》を見《み》ながらのんびり歩《ある》いていると、目《め》の前《まえ》の歩道《ほどう》に紙《かみ》が一枚落《まいお》ちているのに気《き》づいた。なぜかルイスは立《た》ちどまり、紙《かみ》を拾《ひろ》いあげた。

青《あお》い線《せん》のついたノートの切《き》れ端《はし》だった。どこかの子《こ》どもが字《じ》の練習《れんしゅう》をしたらしく、一番《いちばん》うえの行《ぎょう》に書《か》きかたの授業《じゅぎょう》のときにウォーミングアップで書《か》かされる波線《はせん》がある。その下《した》に、小文字《こもじ》のvがきれいに並《なら》び、次《つぎ》の列《れつ》には大文字《おおもじ》のVが並《なら》んでいた。大文字《おおもじ》のVはどれも、例《れい》のはがきに書《か》いてあったVenioのVの字《じ》と筆跡《ひっせき》がそっくりだった。

心臓《しんぞう》がどきどきしはじめた。ぱっと紙《かみ》の下《した》を見《み》ると、そこにおそれていた言葉《ことば》があった。一番下《いちばんした》の行《ぎょう》だった。

ルイスはぞくっとした。文字《もじ》が紙《かみ》のうえをのたくったのだ。ガタガタ震《ふる》えながら立《た》ちつくしていると、とつぜん突風《とっぷう》が吹《ふ》いてきて、ルイスの手《て》から紙《かみ》をもぎとって道路《どうろ》の反対側《はんたいがわ》へ吹《ふ》き飛《と》ばした。ルイスは追《お》いかけようとしたが、風《かぜ》が強《つよ》くて、道《みち》を渡《わた》ったときにはもう紙《かみ》はどこかへ飛《と》んでしまっていた。あのはがきとおなじだった。

ルイスはまた寒気《さむけ》に襲《おそ》われた。冬《ふゆ》のコートの下《した》で心臓《しんぞう》がドクドク打《う》っている。

「Ｖｅｎｉｏっていうのは、〝わたしはいく〟って意味《いみ》だ」ルイスはつぶやくようにくりかえした。「Ｖｅｎｉｏは〝わたしはいく〟」でも、いったいだれが来《く》るんだ？　幻《まぼろし》で見《み》たあの男《おとこ》だろうか？　ホーマー街道《かいどう》を歩《ある》いていた黒《くろ》い影《かげ》？　影《かげ》の主《ぬし》がだれであれ、会《あ》いたくなかった。

ルイスは家《いえ》へ向《む》かって歩《ある》きだした。歩《ある》きながら、自分《じぶん》で自分《じぶん》を納得《なっとく》させようと、あれこれ考《かんが》える。恐怖心《きょうふしん》を抑《おさ》えようとするとき、ルイスはよくこれをやった。自分《じぶん》がこわいものを〝論理的《ろんりてき》に説明《せつめい》〟するのだ。説明《せつめい》することで、恐怖心《きょうふしん》がなくなることがある。すくなくともしばらくのあいだは。家《いえ》に着《つ》いたころには、あの真夜中《まよなか》に届《とど》いたはがきはただの夢《ゆめ》だったんだ、と信《しん》じはじめていた。だって、自分《じぶん》が寝《ね》ているか起《お》きているかなんて、よくわからないじゃないか。ぼくは下《した》におりていって、Ｖｅｎｉｏって書《か》いてあるはがきを見《み》つけたっていう夢《ゆめ》を見《み》ただけなんだ。でも、道《みち》で見《み》つけたあの紙《かみ》は？ そうさ、（とルイスは自分《じぶん》に向《む》かって言《い》った）あれは、どこかの小学生《しょうがくせい》がラテン語《ご》を習《なら》ったのをひけらかしたんだ。それだけのことさ。そいつが例《れい》のはがきにあったのとおなじ言葉《ことば》を使《つか》ったのは、ただの偶然《ぐうぜん》だ。もしかしたら、ぼくがＶｅｎｉｏって書《か》いてあったと思《おも》いこんでいるだけかもしれない。ほんとうはＶｅｒｏｎｉｃａ《ベロニカ》とかそんなふうな名前《なまえ》が書《か》いてあったのかもしれない……

コートをかけて家《いえ》に入《はい》り、夕飯《ゆうはん》を食《た》べているあいだもずっと、ルイスは考《かんが》えつづけていた。いくらうまい説明《せつめい》を考《かんが》えても心《こころ》から納得《なっとく》できるわけではないけれど、いくらか気持《きも》ちが楽《らく》になるのはたしかだった。いわれのない黒《くろ》い恐怖《きょうふ》がじわじわとふくらんでくるのを抑《おさ》えられた。

その夜《よる》、ルイスは宿題《しゅくだい》をやりに公立図書館《こうりつとしょかん》へいくことにした。図書館《としょかん》には傷《きず》だらけの古《ふる》い机《つくえ》や緑《みどり》のかさのランプがあって、心地《ここち》よく勉強《べんきょう》ができた。だからルイスはしょっちゅう図書館《としょかん》へいって、いろいろな本《ほん》をひろいよみしたり、調《しら》べものをしたりしていた。そこで教科書《きょうかしょ》をカバンに入《い》れると、楽《たの》しげに口笛《くちぶえ》を吹《ふ》きながら雪《ゆき》を踏《ふ》みしめて図書館《としょかん》へ向《む》かった。

結局《けっきょく》、九時《じ》の閉館時間《へいかんじかん》まで勉強《べんきょう》していた。教科書《きょうかしょ》をしまい、帰《かえ》るしたくをはじめる。ニュー・ゼベダイの街《まち》を一人《ひとり》で歩《ある》くにはちょっと遅《おそ》いけれど、心配《しんぱい》はしていなかった。ニュー・ゼベダイは犯罪《はんざい》には縁《えん》がない。それに、ルイスにはお守《まも》りがあるのだ。

図書館《としょかん》から三ブロックほどいくと、角《かど》の街灯《がいとう》の下《した》にだれかが立《た》っているのが見《み》えた。最初《さいしょ》、ルイスはぎくっとした。ホーマー街道《かいどう》の黒《くろ》い影《かげ》が目《め》のまえをちらつく。が、次《つぎ》の瞬間《しゅんかん》、笑《わら》いだした。なんてぼくはばかなんだ！　あれはジョー・ディマジオじゃないか！

ニュー・ゼベダイに、ジョー・ディマジオを名乗《なの》っている浮浪者《ふろうしゃ》がいた。ジョーと同《おな》じニューヨーク・ヤンキースの野球帽《やきゅうぼう》をかぶって、バットの形《かたち》をしたペンを配《くば》っている。ペンにはひとつ残《のこ》らず、〝ジョー・ディマジオ〟と彫《ほ》ってあった。ジョーはおまわりさんといっしょに商店街《しょうてんがい》の巡回《じゅんかい》をすることもあれば、街灯《がいとう》の下《した》から「ワッ」と飛《と》びだして、子《こ》どもたちをおどかしたりした。あそこに立《た》っているのは、ジョーにちがいない。気《き》のいいジョーじいさんだ。

「やあ、ジョー！」ルイスは叫《さけ》んで、じっと立《た》っている人影《ひとかげ》に向《む》かって手《て》をふった。するとかげが光《ひかり》の輪《わ》からすっと外《そと》に出《で》た。そしてルイスの前《まえ》に立《た》った。なにかのにおいがする。冷《つめ》たい灰《はい》のにおいだ。冷《つめ》たく湿《しめ》った灰《はい》。

背《せ》が高《たか》くぼんやりとした影《かげ》は、なにも言《い》わずにルイスにのしかかるように立《た》ちはだかった。ルイスは胃《い》がきゅっと締《し》めつけられるような気《き》がした。ジョーは背《せ》が低《ひく》い。ここにいるのはジョーじゃない。ルイスは必死《ひっし》になって上着《うわぎ》のジッパーを下《さ》げ、シャツのお守《まも》りが下《さ》がっているあたりをぎゅっとつかんだ。しわくちゃになった布《ぬの》の下《した》にある小《ちい》さな固《かた》いものを握《にぎ》りしめたとたん、影《かげ》がじりっと前《まえ》に出《で》て、両手《りょうて》を大《おお》きく広《ひろ》げた。

ルイスは悲鳴《ひめい》をあげて、お守《まも》りをはなした。そしてうしろを向《む》いて走《はし》りだした。夢中《むちゅう》だった。吹《ふ》きだまりにつまずき、ぬかるみに足《あし》をつっこみ、凍《こお》った水《みず》たまりですべって、ようやく図書館《としょかん》の石段《いしだん》までたどりつくと、あわててかけあがり両手《りょうて》でガラス戸《ど》をバンバンと叩《たた》いた。手《て》のひらが痛《いた》くなるまで叩《たた》いても、だれも出《で》てこない。

だが、とうとう図書館《としょかん》の入口《いりぐち》に明《あ》かりがついた。ギアさんがまだいたのだ。助《たす》かった！

ルイスはガラスに顔《かお》と手《て》を押《お》しつけた。こわくてどうかなりそうだ。今《いま》にも背中《せなか》をがしりとつかまれ、むりやりうしろをふりむかされ……どんな顔《かお》と向《む》きあうことになるのか、考《かんが》えたくもなかった。

ようやくギアさんがやってきた。ギアさんはおばあさんで関節炎《かんせつえん》を患《わずら》っていたから、歩《ある》くのが遅《おそ》かった。かぎをガチャガチャやっている。そしてドアが内側《うちがわ》に開《ひら》いた。

「おやまあ、ルイスじゃないの。あんなふうに乱暴《らんぼう》に扉《とびら》を叩《たた》いたりして、おじさんが知《し》ったら……」ギアさんはそれ以上叱《いじょうしか》らなかった。ルイスが抱《だ》きついて、ギアさんのかぼそい体《からだ》が震《ふる》えるほど泣《な》きじゃくったからだ。

「よしよし、ルイス。だいじょうぶ、だいじょうぶですよ。いったいぜんたいどうした……」ギアさんは意地《いじ》の悪《わる》いおばあさんではなかった。子《こ》どもが好《す》きで、特《とく》にルイスのことをかわいがっていたのだ。

「ねえ、ルイス、いったいどうしてそんなに……」

「お願《ねが》い、ギアさん、おじさんに電話《でんわ》して」ルイスはしゃくりあげた。「電話《でんわ》して、ぼくを迎《むか》えにくるように言《い》って。外《そと》にだれかいるんだ。こわいよ！」

ギアさんはルイスを見《み》て、優《やさ》しくほほえんだ。子《こ》どものことならわかっている。子《こ》どものとほうもない想像力《そうぞうりょく》も。「はいはい、ルイス。だいじょうぶよ。ここにすわってらっしゃい。おじさんに電話《でんわ》してきてあげますから。すぐもどりますよ」

「だめ、いかないで、ギアさん。お願《ねが》い。ぼく……いっしょにいっていい？」

ルイスはギアさんについて事務室《じむしつ》へいった。ギアさんが交換手《こうかんしゅ》にバーナヴェルト家《け》の番号《ばんごう》を告《つ》げているあいだ、落《お》ちつかなげに右足《みぎあし》に重心《じゅうしん》をかけたり、左足《ひだりあし》にかけたりしながら待《ま》っていた。永遠《えいえん》に電話《でんわ》が鳴《な》りつづけるような気《き》がしはじめたとき、ようやくジョナサンが電話《でんわ》に出《で》た。ジョナサンとギアさんはしばらくなにやら話《はな》していた。ギアさんのしゃべる声《こえ》だけではよくわからなかったが、ジョナサンがとまどっているのはたしかだった。無《む》理《り》もない。

数分後《すうふんご》、ジョナサンの大《おお》きな黒《くろ》い車《くるま》が図書館《としょかん》の前《まえ》にとまった。ルイスはギアさんと、入《い》り口《ぐち》の石段《いしだん》のところで待《ま》っていた。車《くるま》に乗《の》るとすぐに、ジョナサンはルイスのほうを向《む》いてきいた。

「どうしたんだい？」

「その……なにかものすごくこわいものがいたんだ、ジョナサンおじさん。幽霊《ゆうれい》かおばけかなにかが……それがぼくをつかまえようとしたんだ」ルイスは両手《りょうて》に顔《かお》を埋《うず》めると、泣《な》きだした。

ジョナサンはルイスに腕《うで》をかけると、なぐさめようとした。「よしよし、ルイス……泣《な》くんじゃない。だいじょうぶだよ。きっとだれかがおまえさんをおどかそうとしただけさ。ハロウィーンは終《お》わったが、そんなのおかまいなしの連中《れんちゅう》がかならずいるんだ。心配《しんぱい》することない。もう安心《あんしん》だ」

その夜《よる》、ルイスはベッドのなかでまんじりともせずに、心臓《しんぞう》の鼓動《こどう》に耳《みみ》を傾《かたむ》けていた。開《あ》けっぱなしの洋服《ようふく》ダンスの扉《とびら》から、ずらりとかかった洋服《ようふく》の黒《くろ》い影《かげ》が見《み》える。あれ、動《うご》いている？　うしろになにかいる！

ルイスはがばっと起《お》きあがって、夢中《むちゅう》で枕《まくら》もとのスタンドのスイッチを探《さが》した。スタンドをうえから下《した》までさわってやっとスイッチを見《み》つけ、明《あ》かりをつける。なにもいなかった。ルイスに飛《と》びかかろうとしている黒《くろ》い影《かげ》などいない。すくなくとも、見《み》えるところには。しばらくしてからようやくルイスは重《おも》い腰《こし》をあげ、ベッドを出《で》てたんすのなかをのぞいた。洋服《ようふく》のうしろは空《から》っぽだった。あるのは、しっくいのかけらと木《き》、それからほこりと古《ふる》い靴《くつ》だけ。ルイスはベッドにもどった。今夜《こんや》は電気《でんき》をつけて寝《ね》ることにしよう。

ルイスは何度《なんど》も寝返《ねがえ》りをうった。右《みぎ》を向《む》いたり左《ひだり》を向《む》いたりした。だめだ。眠《ねむ》れない。いいさ、眠《ねむ》れないなら、考《かんが》えることにしよう。しかし、考《かんが》えるまでもなかった。このところ起《お》こった気味《きみ》の悪《わる》い出来事《できごと》の裏《うら》になにがあるのか、ルイスにはよくわかっていた。お守《まも》りだ。論理的《ろんりてき》な説明《せつめい》はすべて消《き》えうせ、残《のこ》されたのはたったひとつの事実《じじつ》だけだった──あのお守《まも》りには霊《れい》がとりついてるんだ。そうなら、すぐに手放《てばな》さなければならない。でも、おかげでウッディ・ミンゴをやっつけられたじゃないか？　海賊映画《かいぞくえいが》を観《み》たあとのすばらしい気持《きも》ちを味《あじ》わわせてくれたのに？　でも、お守《まも》りを握《にぎ》りしめたとたん、黒《くろ》い影《かげ》が襲《おそ》いかかってきたときのおそろしさがよみがえってきた。ルイスはぶるっと震《ふる》えた。やはり捨《す》てるしかない。

ルイスは手《て》を首《くび》に持《も》っていった。ところが、鎖《くさり》のすぐ手前《てまえ》までくるとぴたりととまってしまった。うんうんうなって動《うご》かそうとしたけれど、それ以上《いじょう》持《も》ちあがらないのだ。手《て》がぶるぶる震《ふる》えだした。まるで中風《ちゅうふう》のおじいさんみたいだ。お守《まも》りを外《はず》そうにも、手《て》が鎖《くさり》をつかめないのだ。

ルイスは体《からだ》を起《お》こしてハアハアと息《いき》をついた。パジャマのシャツが汗《あせ》でぐっしょりぬれている。ルイスは自分《じぶん》の手《て》を見《み》た。もうぼくの手《て》じゃないのか？　ルイスはこわかった。こわくてたまらなかった。そして無力《むりょく》だった。もしお守《まも》りがとれなかったら、どうしよう？　年《とし》をとるにつれ、お守《まも》りと鎖《くさり》が体《からだ》に食《く》いこみ、最後《さいご》には鎖《くさり》がさがっていたところに輪《わ》っかの跡《あと》と小《ちい》さなでっぱりがあるだけになったら？　恐怖《きょうふ》はどんどんふくらんだ。ルイスはベッドから飛《と》びおりると、部屋《へや》をいったりきたりしはじめた。どうするか決《き》めるまえに、まず落《お》ちつかなくては。

そのときふと暖炉《だんろ》が目《め》に入《はい》り、ルイスはほほえんだ。この大《おお》きな古《ふる》い館《やかた》には、どの部屋《へや》にも暖炉《だんろ》があった。ルイス専用《せんよう》の暖炉《だんろ》は黒《くろ》い大理石製《だいりせきせい》で、火《ひ》は燃《も》えていなかったけれど、燃《も》やす準備《じゅんび》は整《ととの》っていた。薪《まき》のせ台《だい》のうえに乾《かわ》いた小枝《こえだ》があり、そのうえに太《ふと》い枝《えだ》が重《かさ》ねてある。マッチ箱《ばこ》は炉棚《ろだな》のうえだった。ルイスは箱《はこ》を取《と》ると、ひざをついて火《ひ》をつけた。

二、三分《ぷん》で、心地《ここち》よい炎《ほのお》が燃《も》えはじめた。ルイスはついたてを立《た》てると、敷物《しきもの》のうえにすわって、炎《ほのお》を見《み》つめた。ジョナサンおじさんにお守《まも》りのことを言《い》うべきだろうか？ ジョナサンは魔法使《まほうつか》いだ。どうすればいいかきっと知《し》っているだろう。それともツィマーマン夫人《ふじん》に言《い》おうか？ ツィマーマン夫人《ふじん》は魔女《まじょ》で、ジョナサンよりもっと強《つよ》い魔力《まりょく》を持《も》っている。でも、ルイスがまた魔法《まほう》に手《て》を出《だ》したと知《し》ったら、おじさんたちはどう思《おも》うだろう？ ほんとうなら、ツィマーマン夫人《ふじん》の本《ほん》を見《み》つけた時点《じてん》ですぐ本《ほん》を返《かえ》さなければならなかったのだ。ルイスがなにをやったか知《し》ったら、ツィマーマン夫人《ふじん》はかんかんに怒《おこ》るだろう。ジョナサンだってそうだ。ルイスの後見人《こうけんにん》をやるのは一年《ねん》でたくさんだと思《おも》うかもしれない。ジミーおじさんやヘレンおばさんのところへ送《おく》られたら？ ヘレンおばさんは、空気《くうき》の漏《も》れる浮《う》き輪《わ》みたいな性格《せいかく》だった。一日《にち》じゅう安楽椅子《あんらくいす》にすわって、喘息《ぜんそく》のことをぐちっている。ルイスはヘレンおばさんとの暮《く》らしを想像《そうぞう》した。だめだ、ジョナサンとツィマーマン夫人《ふじん》にお守《まも》りのことを言《い》うわけにはいかない。

だったらだれに言《い》えばいい？　ローズ・リタだ。ルイスはにやっと笑《わら》った。そうだ。朝《あさ》になったらローズ・リタに電話《でんわ》して、二人《ふたり》でどうするか決《き》めよう。自分《じぶん》でお守《まも》りをとれないなら、ローズ・リタにやってもらえばいい。

火《ひ》はパチパチと心地《ここち》よく燃《も》えていた。ルイスは気《き》が楽《らく》になった。すると、眠気《ねむけ》が襲《おそ》ってきた。暖炉《だんろ》のついたてがきちんと置《お》かれていることをたしかめると、ルイスはふらふらとベッドへいって、身《み》を投《な》げだした。その夜《よる》は、夢《ゆめ》を見《み》たとしても覚《おぼ》えていなかった。

第《だい》8章《しょう》　捨《す》てるな

次《つぎ》の朝《あさ》、目《め》が覚《さ》めると、明《あか》るい冬《ふゆ》の光《ひかり》が部屋《へや》を満《み》たしていた。街灯《がいとう》の下《した》で待《ま》ち伏《ぶ》せていた黒《くろ》い影《かげ》は、なにかで読《よ》んだか夢《ゆめ》で見《み》たもののような気《き》がした。着《き》がえていると、いつもの海賊映画《かいぞくえいが》の気分《きぶん》がみなぎってきた。最高《さいこう》の気分《きぶん》だ。ほんとうにローズ・リタにお守《まも》りのことを言《い》う必要《ひつよう》があるだろうか？　ルイスは一瞬悩《いっしゅんなや》んだ。言《い》ったほうがいいだろう。ともかくこれを外《はず》さないと。朝《あさ》ごはんを食《た》べるまえに電話《でんわ》して、ローズ・リタが家《いえ》を出《で》てしまうまえにつかまえたほうがいい。ところが、電話《でんわ》の前《まえ》へいくと、また決心《けっしん》は揺《ゆ》らいだ。手《て》に持《も》った受話器《じゅわき》の向《む》こうで交換手《こうかんしゅ》が「番号《ばんごう》をお願《ねが》いします。番号《ばんごう》は？」と言《い》っているあいだ、ルイスは立《た》ちつくしていた。そして受話器《じゅわき》を置《お》いた。いいや。学校《がっこう》で言《い》おう。

その日学校《ひがっこう》で、ルイスは何度《なんど》もローズ・リタを見《み》かけた。けれどもお守《まも》りのことを言《い》おうとすると、そのたびに体《からだ》のなかでなにかがキュウッと締《し》まるような気《き》がして、ノートルダム大学《だいがく》のフットボールチームのことや、二人《ふたり》で作《つく》っているガレー船《せん》や、ハガーティ先生《せんせい》や、ともかくお守《まも》り以外《いがい》の話《はなし》をしてしまうのだ。結局《けっきょく》ローズ・リタになにも言《い》えないまま、ルイスは学校《がっこう》を出《で》て家《いえ》へ向《む》かった。冬《ふゆ》の夕《ゆう》ぐれの通《とお》りは、街灯《がいとう》がついていた。ルイスは立《た》ちどまった。額《ひたい》から玉《たま》のような汗《あせ》が噴《ふ》きだす。街灯《がいとう》の下《した》で見《み》た影《かげ》の恐怖《きょうふ》が、氷《こおり》の波《なみ》のように押《お》し寄《よ》せてくる。ルイスは気持《きも》ちを落《お》ちつけようとした。歯《は》を食《く》いしばり、両手《りょうて》をぎゅっと握《にぎ》る。ローズ・リタにお守《まも》りのことを言《い》わなければ。今夜言《こんやい》うんだ。

その夜《よる》、食事《しょくじ》の最中《さいちゅう》にルイスはフォークを置《お》いて、何度《なんど》もつばを飲《の》みこむと、乾《かわ》いてかすれた声《こえ》で言《い》った。「ジョナサンおじさん、今晩《こんばん》ローズ・リタに泊《と》まりにきてもらってもいい？」

ジョナサンは事態《じたい》を飲《の》みこむのにちょっと時間《じかん》がかかった。「なんだって？ そうか。ずいぶんと突然《とつぜん》だが、なんとかしてみよう。まず、ローズ・リタのおかあさんにきかないとな」

食事《しょくじ》が終《お》わると、ジョナサンはポッティンガー夫人《ふじん》に電話《でんわ》をかけ、ローズ・リタが今晩《こんばん》泊《と》まりにきてもいいという許《ゆる》しをもらった。話《はな》しているうちに、ルイスがまだ本人《ほんにん》を直接《ちょくせつ》誘《さそ》っていないのを知《し》って、ジョナサンはルイスを電話口《でんわぐち》までひっぱっていき、きちんと誘《さそ》うように言《い》った。これでなにもかもが整《ととの》った。ルイスとジョナサンはたくさんある二階《かい》の空《あ》き部屋《べや》のひとつにベッドを用意《ようい》し、お客用《きゃくよう》のタオルを置《お》いた。ルイスはわくわくしていた。夜遅《よるおそ》くまでトランプをしたり、おしゃべりしたりしよう。お守《まも》りのことだってうまく持《も》ちだせるかもしれない。

ローズ・リタがルイスの家《いえ》にいくと、食堂《しょくどう》のテーブルにポーカーの用意《ようい》が整《ととの》えられていた。裏《うら》に〝カファーナウム郡魔法使い協会《ぐんまほうつかいきょうかい》〟というスタンプの押《お》された青《あお》と金色《きんいろ》のトランプに、ジョナサンがいつもチップに使《つか》っている外国《がいこく》のコイン。あざやかな紫色《むらさきいろ》のふちのお皿《さら》には、チョコレートチップ・クッキーが山盛《やまも》りになっているし、ピッチャーには牛乳《ぎゅうにゅう》が入《はい》っていた。ツイマーマン夫人《ふじん》もきて、カードになんの小細工《こざいく》もしないと約束《やくそく》した。準《じゅん》備万端《びばんたん》だ。

四人《にん》は夜遅《よるおそ》くまでポーカーをした。ジョナサンがそろそろ寝《ね》る時間《じかん》だと言《い》おうとすると、ルイスは図書室《としょしつ》でローズ・リタと二人《ふたり》でちょっと話《はなし》がしたいんだけど、と言《い》った。そう言《い》ったとたん、また胸《むね》のあたりがキュウッと締《し》めつけられた。お守《まも》りの下《さ》がっているあたりがきりきり痛《いた》む。

ジョナサンはクックックッと笑《わら》うと、椅子《いす》のうしろに置《お》いてあった鉢植《はちう》えにパイプの中身《なかみ》をあけた。「いいとも。もちろん、いっといで。国家機密《こっかきみつ》なんだろ?」

「うん、まあね」ルイスは顔《かお》を赤《あか》くした。

ルイスとローズ・リタは図書室《としょしつ》へ入《はい》ると、重《おも》い羽目板《はめいた》の扉《とびら》を閉《し》めた。ルイスは水中《すいちゅう》で息《いき》をしようとしている人《ひと》みたいな気持《きも》ちだった。でも、ぽつりぽつりと言葉《ことば》をひっぱりだすようにしゃべりだした。

「ローズ・リタ?」

「なに? いったいどうしたの、ルイス? まっさおよ」

「ローズ・リタ、覚《おぼ》えてる? あの……コインに魔法《まほう》の呪文《じゅもん》を唱《とな》えたときのこと?」ルイスはそこでやめて、顔《かお》をしかめた。胸《むね》に鋭《するど》い痛《いた》みが走《はし》ったのだ。

ローズ・リタはふしぎそうな顔《かお》をした。「うん、覚《おぼ》えてるよ。それがどうしたの?」

まるで、まっかに焼《や》けた針《はり》で胸《むね》を刺《さ》されているようだ。「あのさ、ぼく……ぼく、うそをついたんだ」顔《かお》を汗《あせ》がだらだらと流《なが》れた。けれど、ルイスは勝《か》ったという気持《きも》ちでいっぱいだった。ほんとうのことを言《い》うのをやめさせようとしているなにかに、勝《か》ったのだ。ローズ・リタの目《め》が大《おお》きく見開《みひら》かれた。「うそをついた？　ってことは、あのコインはほんとうに……？」

「うん」ルイスはシャツのなかに手《て》を入《い》れて、コインを出《だ》してローズ・リタに見《み》せた。まっかに焼《や》けていると思《おも》っていたのに、さわるとひんやりとして、いつもとなにも変《か》わらないように見《み》えた。

肝心《かんじん》なことを言《い》ってしまうと、あとは楽《らく》にしゃべれるようになった。ルイスは、そのつもりがなかったのにウッディを殴《なぐ》ってしまったこと、はがきと道《みち》で見《み》つけたノートの切《き》れ端《はし》のこと、そして街灯《がいとう》の下《した》にいた影《かげ》のことを話《はな》した。坂道《さかみち》を転《ころ》がりおちるようにルイスはどんどん早口《はやくち》になり、すべて話《はな》してしまうまでしゃべりつづけた。

ローズ・リタはルイスが話《はな》しているあいだ、すわってうなずきながら聞《き》いていた。ルイスが話《はな》しおわると、ローズ・リタは言《い》った。「驚《おどろ》いた！　ルイス、おじさんとツィマーマン夫人《ふじん》に言《い》ったほうがいいんじゃない？　こういうたぐいのことにはくわしいんだし」

ルイスの顔《かお》が恐怖《きょうふ》でひきつった。「言《い》わないで、ローズ・リタ！　お願《ねが》いだよ、言《い》わないで！　おじさんは怒《いか》りくるって、ぼくをどなりつけるよ……おじさんとツィマーマン夫《ふ》人《じん》がどう思《おも》うか！　もう二度《にど》と魔法《まほう》に手《て》を出《だ》すなって言《い》われてたのに。お願《ねが》いだから二人《ふたり》にはなにも言《い》わないで！」

ローズ・リタはルイスを知《し》ってそんなに長《なが》くなかったけれど、しじゅう怒《おこ》られやしないかとびくびくしているのは知《し》っていた。なにも悪《わる》いことをしていないときでさえそうなのだ。それに、じっさいジョナサンがどんな反応《はんのう》をするかもわからなかった。もしかしたらほんとうに癇癪《かんしゃく》を起《お》こすかもしれない。そこでローズ・リタは肩《かた》をすくめて言《い》った。「あ、わかったわよ！　じゃあ、二人《ふたり》に言《い》うのはやめよう。その面倒《めんどう》なものをわたしにちょうだい。そしたら、どぶに捨《す》ててきてあげる」

ルイスはためらっているようだった。くちびるをぎゅっと噛《か》んで、言《い》った。「あのさ……ちょっとだけどこかにしまっとくんじゃだめかな？　だってわからないだろ。大人《おとな》になったら、使《つか》えるようになるかもしれないしさ」

ローズ・リタはメガネごしにじっとルイスを見《み》た。「月《つき》に飛《と》んでくとか？　しっかりしてよ、ルイス！　ふざけないで。あんたはそれを手放《てばな》したくないだけなのよ！　さあこっちに渡《わた》して」ローズ・リタは手《て》を差《さ》しだした。

ルイスの顔《かお》がみるみるうちにけわしくなった。そして、コインをシャツの下《した》にしまいこんだ。

「いやだ」

ローズ・リタはルイスをじっと見《み》つめた。それからメガネを外《はず》してたたむと、ケースに入《い》れてシャツのポケットにしまった。そしていきなりルイスに飛《と》びかかった。飛《と》びかかった瞬間《しゅんかん》、ローズ・リタはコインのついた鎖《くさり》を両手《りょうて》でつかんだ。

ルイスも鎖《くさり》をつかんで、首《くび》から外《はず》すまいとした。ルイスは必死《ひっし》で抵抗《ていこう》した。ローズ・リタはルイスの力《ちから》に驚《おどろ》いた。ルイスと一度《いちど》腕相撲《うでずもう》をしたことがあるけれど、そのときは楽《らく》に勝《か》てたのだ。今《いま》は、そうはいかなかった。二人《ふたり》は図書室《としょしつ》の床《ゆか》のうえを前《まえ》へうしろへと押《お》しあった。ローズ・リタの顔《かお》はまっかだった。ルイスの顔《かお》も上気《じょうき》している。どちらもひと言《こと》も言葉《ことば》を発《はっ》しない。

とうとうローズ・リタが勢《いきお》いよくひっぱって、ルイスの指《ゆび》から鎖《くさり》をもぎとった。ルイスはおそろしい叫《さけ》び声《ごえ》をあげて、ローズ・リタに飛《と》びかかった。ルイスの手《て》がローズ・リタの頬《ほお》をひっかき、血《ち》が噴《ふ》きだした。

ローズ・リタは、はあはあしながら部屋《へや》のまんなかに立《た》っていた。手《て》にコインのついた鎖《くさり》が握《にぎ》られている。もう片方《かたほう》の手《て》で、ローズ・リタはそっと頬《ほお》のぬれているところに触《ふ》れた。コインがなくなってみると、ルイスはまるで夢《ゆめ》から揺《ゆ》さぶり起《お》こされたような気《き》がした。目《め》をぱちぱちさせて、ローズ・リタを見《み》た。恥《は》ずかしくて、涙《なみだ》がこみあげた。

「ああ、ごめんね！　そんなつもりじゃなかったんだ。ほんとうだよ」ルイスは言葉《ことば》に詰《つ》まってしまった。

書斎《しょさい》のドアがガラッと開《ひら》いた。ジョナサンだった。「おいおい、いったいどうしたんだ？　すごい悲鳴《ひめい》が聞《き》こえたから、だれか殺《ころ》されたかと思《おも》ったよ！」

ローズ・リタはさっとコインを鎖《くさり》ごとジーンズのポケットにつっこんだ。「なんでもないんです、バーナヴェルトおじさん。《キャプテンミッドナイト（冒険《ぼうけん》ラジオドラマ。同名《どうめい》の主人公《しゅじんこう》が秘密飛行隊《ひみつひこうたい》をひきいて悪《あく》と戦《たたか》う）》の暗号解読《あんごうかいどく》リングをルイスがずっと借《か》りてたから、もう返《かえ》してよ、って言《い》っててけんかになったんです」

ローズ・リタはジョナサンのほうに顔《かお》を向《む》けたので、頬《ほお》に血《ち》がついているのが見《み》えた。

「なんでもない？　なんでもないんです、だって？　ルイスがやったのか？」ジョナサンはルイスのほうに向《む》きなおり、叱《しか》ろうとしたが、ローズ・リタがわって入《はい》った。

「おじさんが思《おも》ってるようなことじゃないんです。その……自分《じぶん》のメガネの先《さき》っぽでひっかいちゃったんです。耳《みみ》にひっかけるところで。けっこうするどいんだね。だって、すごいひっかき傷《きず》ができちゃったもの！」ローズ・リタはその場《ば》でうまい説明《せつめい》を作《つく》りあげる天《てん》才《さい》だった。ルイスは感謝《かんしゃ》した。

ジョナサンはルイスとローズ・リタの顔《かお》を見《み》くらべた。なにかうさん臭《くさ》いが、かといって確信《かくしん》できるわけでもない。自分《じぶん》も小学校《しょうがっこう》のとき親友《しんゆう》と何度《なんど》もけんかしたことを思《おも》いだし、ジョナサンはにっこりした。「そうか、わかった。だいじょうぶならそれでいい」

その夜遅《よるおそ》く、みんなが寝《ね》しずまると、ローズ・リタはそっと下《した》へおりていって、玄関《げんかん》のドアを開《あ》けた。スリッパとパジャマにバスローブというかっこうのまま、外《そと》へ出《で》て、雪《ゆき》かきをした道《みち》をおりて正面《しょうめん》の門《もん》を出《で》た。そして角《かど》まで歩《ある》いていくと、排水溝《はいすいこう》の鉄格子《てつごうし》のところで立《た》ちどまった。雪解《ゆきど》け水《みず》がちょろちょろ流《なが》れこむ音《おと》がうつろに響《ひび》いている。ローズ・リタはバスローブのポケットからお守《まも》りを出《だ》した。そして格子《こうし》のうえにかかげて、ぶらぶらと揺《ゆ》らした。あとは手《て》を離《はな》すだけだ。それでこのお守《まも》りとさようなら、だ。

ところが、ローズ・リタは手《て》を離《はな》すことができなかった。外《そと》から、捨《す》てるな、という声《こえ》が響《ひび》いてきたような気《き》がした。ローズ・リタは立《た》ったまま、ルイスを苦《くる》しめた奇妙《きみょう》でちっぽけな物体《ぶったい》をつくづくと眺《なが》めた。そしてぱっとコインを手《て》にすくいあげると、バスローブのポケットにしまった。家《いえ》のほうにひきかえしながら、ローズ・リタは考《かんが》えた。「きっともうルイスはだいじょうぶ。これはしばらくしまっておいて、ようすを見《み》てみりゃいいわ。ルイスには捨《す》てたって言《い》おう。そうすれば、しじゅうそのことでうるさく言《い》われないですむし。大人《おとな》になれば、使《つか》えるようになるかもしれないもの。もしかしたら、ルイスは大魔《だいま》法使《ほうつか》いになるかもしれない。それまでわたしが持《も》っていてあげよう」ローズ・リタはポケットに手《て》を入《い》れて、コインが入《はい》っているかたしかめた。よし、ちゃんとある。家《いえ》にもどるとちゅう、ローズ・リタはまた立《た》ちどまってたしかめた。それからそんなふうに神経質《しんけいしつ》になっている自分《じぶん》がおかしくなって笑《わら》った。そして階段《かいだん》をギシギシきしませてあがると、部屋《へや》にもどって眠《ねむ》った。

第《だい》9章《しょう》　見《み》せたくないもの

十二月《がつ》になり、ニュー・ゼベダイの住人《じゅうにん》はクリスマスの準備《じゅんび》をはじめた。中心街《ちゅうしんがい》のあちこちにピカピカ光《ひか》る大《おお》きな鐘《かね》がつりさげられ、ロータリーの噴水《ふんすい》はクリスマスの場面《ばめん》をかたどったものに変《か》わった。ジョナサンは屋根裏《やねうら》からシーグラム（カナダの酒造会社《しゅぞうがいしゃ》のウィスキー）とオキシドール（P＆G社《しゃ》の洗濯用粉石《せんたくようこなせっ》けん）の箱《はこ》を下《お》ろしてきて、中《なか》にしまってあったクリスマスツリーにつけるライトのもつれをほどきはじめた。しまうときはきちんと小《ちい》さな束《たば》にしておいたはずなのに、箱《はこ》のなかでじっとしているあいだになぜかこんがらがってしまう。毎年《まいとし》のことだった。ジョナサンとツィマーマン夫人《ふじん》は、いつものように、背《せ》が高《たか》くて細《ほそ》い木《き》と低《ひく》くてずんぐりした木《き》とどっちがいいかで言《い》い争《あらそ》いをはじめた。ルイスは汚《よご》れたコットンの袋《ふくろ》をあけて、まるい鏡《かがみ》のまわりに飾《かざ》り、氷《こおり》のはった池《いけ》に見《み》たてた。それからボール紙《がみ》で小《ちい》さな村《むら》を作《つく》った。セロハンで窓《まど》を作《つく》り、氷《こおり》のうえにセルロイドのシカを置《お》く。ツリーの飾《かざ》りつけが終《お》わり、ライトにスイッチを入《い》れると、ルイスはソファに腰《こし》をおろして目《め》を細《ほそ》めた。そうすると、ツリーのライトが星《ほし》のように見《み》える。赤と青と緑と白とオレンジの星からそれぞれ四本の光の筋が出ている。ルイスはその感《かん》じが好《す》きで、いつもその長《なが》いあいだ目《め》を細《ほそ》めてすわっているのだった。

毎晩《まいばん》パジャマに着《き》がえるとき、ルイスは首《くび》についた緑色《みどりいろ》の筋《すじ》をじっと見《み》つめた。魔法《まほう》の三セントコインの下《さ》がっていた、錆《さ》びた鎖《くさり》がつけた跡《あと》だった。魔法《まほう》のお守《まも》りは永遠《えいえん》に失《うしな》われてしまった。もうコインがないことはわかっていた。ローズ・リタがそう言《い》ったからだ。コインはどぶに捨《す》てたと言《い》ったのを、ルイスは疑《うたが》わなかった。ルイスはいっしょうけんめい、お守《まも》りがなくなってよかったんだ、と思《おも》おうとした。思《おも》おうとしたけれど、うまくいかなかった。

なにか好《す》きなことをあきらめたときに感《かん》じる気持《きも》ちと似《に》ていた。なにか体《からだ》に悪《わる》いこと、たとえばマウンズのチョコバーとか間食《かんしょく》をやめたときの気分《きぶん》だ。人生《じんせい》にぽっかりと大《おお》きな穴《あな》があいてしまったような、体《からだ》の一部《いちぶ》をえぐりとられてしまったような、そんな気持《きも》ちだった。夜中《よなか》にお守《まも》りをつかもうと必死《ひっし》で胸《むね》をかきむしって目《め》を覚《さ》ますこともあった。そしてお守《まも》りがないことがわかると、泣《な》きじゃくった。けれども、ルイスはいつもどおりに暮《く》らそうと努《つと》めた。クリスマスの準備《じゅんび》をしたりローズ・リタと遊《あそ》んでいると、いやなことも忘《わす》れられた。楽《たの》しい時間《じかん》は増《ふ》えていった。もしこのまま悪《わる》いことが起《お》こらなかったら、お守《まも》りのことは忘《わす》れられただろう。

天気《てんき》の悪《わる》い十二月《がつ》の午後《ごご》だった。ルイスたち六年生《ねんせい》の生徒《せいと》は、早《はや》く解放《かいほう》されたい一心《いっしん》で、いっしょうけんめい算数《さんすう》の問題《もんだい》を終《お》わらせようとしていた。ハガーティ先生《せんせい》は机《つくえ》のあいだをいったりきたりしながら答案《とうあん》を見《み》て、いろいろ意見《いけん》を言《い》っていた。先生《せんせい》が教室《きょうしつ》の向《む》こうはしへいくと、ウッディ・ミンゴはさっそくルイスをつねりはじめた。

「あう！」ルイスは小《ちい》さい声《こえ》で叫《さけ》んだ。「やめろよ、ウッディ！」

「なにを？」

「わかってるだろ、つねるのをやめてよ」

「おれはつねってないぜ。コハナバチだろ。風呂《ふろ》に入《はい》れよ、そうすりゃ、刺《さ》されないからさ。くーさいからハチがきた、くーさいからハチがきた」ギュッ、ギュッ。

ルイスは心底暗《しんそこくら》くなった。まるでウッディはお守《まも》りがなくなったことを知《し》っているようだった。あのけんか以来《いらい》、ずっとルイスに手《て》を出《だ》さなかったのに、ここ二、三日《にち》、またちょっかいを出《だ》しはじめたのだ。まえよりも悪《わる》いくらいだった。

ルイスはウッディを殴《なぐ》りたかったけれど、なにかすれば先生《せんせい》に見《み》つかることはわかっていた。第一《だいいち》、お守《まも》りなしでウッディをやっつける自信《じしん》はない。どうしてお守《まも》りを手放《てばな》すのを承知《しょうち》してしまったんだろう？　人生最大《じんせいさいだい》の大失敗《だいしっぱい》だ。

ハガーティ先生《せんせい》は教室《きょうしつ》の前《まえ》へいって、時計《とけい》を手《て》にとった。

「みなさん」先生《せんせい》は言《い》った。

みんなは手《て》をとめて、顔《かお》をあげた。

「みなさんとてもよくやったようですから、約束《やくそく》どおり、今日《きょう》は早《はや》く終《お》わらせましょう。ぜんぶ終《お》わっていないひともいますが、残《のこ》りは家《いえ》でおやりなさい。では、机《つくえ》をぜんぶ片《かた》づけて、静《しず》かにできたら、終《お》わりにします」

生徒《せいと》たちはいっせいにエンピツや紙《かみ》や教科書《きょうかしょ》を机《つくえ》のなかにしまいはじめ、教室《きょうしつ》じゅうに机《つくえ》のふたがバタンバタンと閉《し》まる音《おと》が響《ひび》きわたった。ルイスは教科書《きょうかしょ》をぜんぶしまうと、ペンやエンピツを、インクびんを入《い》れる穴《あな》から中《なか》へ押《お》しこんだ。

ルイスの学校《がっこう》の生徒《せいと》は、ボールペンを使《つか》わなかった。すくなくとも学校《がっこう》では使《つか》わないことになっていた。ボールペンを使《つか》うと、字《じ》がうまくならないと言《い》われていたからだ。万年《まんねん》筆《ひつ》か金属《きんぞく》のペン先《さき》のついた木《き》のペンで書《か》くきまりだ。生徒《せいと》たちが使《つか》うインクはガラスびんに入《い》れて、机《つくえ》の右《みぎ》うえにあいたまるい穴《あな》にさしてあった。穴《あな》は机《つくえ》のなかまでつながっていたので、びんをどければその穴《あな》から物《もの》を机《つくえ》のなかにしまうことができる。もちろん、机《つくえ》のふたは蝶《ちょう》つがいで開《ひら》くようになっているから、ふたを持《も》ちあげるほうが簡単《かんたん》だけれど、まあ、そんなことを言《い》ったところで言《い》うことをきくわけがない。

ルイスはエンピツを四本《ほん》とペン一本《ぽん》を穴《あな》に押《お》しこもうとした。が、机《つくえ》のなかに入《はい》っている教科書《きょうかしょ》にひっかかって、なかまで入《はい》らないので、左手《ひだりて》で教科書《きょうかしょ》をずらして、エンピツを入《い》れようとした。インクびんを持《も》った右《みぎ》の手《て》が通路《つうろ》にはみだした。そのひょうしに、なにかが腕《うで》にあたった。ひじの尺骨《しゃっこつ》の真上《まうえ》だ。腕《うで》がびりっとして力《ちから》が抜《ぬ》け、インクびんが床《ゆか》に落《お》ちて粉々《こなごな》に割《わ》れた。黒《くろ》いインクがそこいらじゅうに飛《と》び散《ち》った。

ルイスはかっとなってうしろをふりむいた。ウッディは持《も》ちあげた机《つくえ》のふたの裏《うら》にすばやく隠《かく》れた。そしてルイスの机《つくえ》の横《よこ》にハガーティ先生《せんせい》がきた。

「いったいなんの騒《さわ》ぎです？」

「ウッディがぼくの手《て》を押《お》してインクをこぼしたんです」ルイスは指《ゆび》をさして言《い》った。

ハガーティ先生《せんせい》はウッディには関心《かんしん》がないようだった。ルイスをじっと見《み》たまま、言《い》った。

「では、おききしますけど、どうしてインクのびんを手《て》に持《も》っていたんですか、バーナヴェルトさん？」

ルイスは赤《あか》くなった。「エンピツを穴《あな》から入《い》れようとしてたんです」ルイスは口《くち》のなかでもごもごと言《い》った。

教室《きょうしつ》はしんとなった。死《し》んだように静《しず》かだった。みんな、ローズ・リタまで、じっとルイスを見《み》つめていた。

ハガーティ先生《せんせい》はみんなのほうを向《む》いて、大《おお》きな声《こえ》ではっきりときいた。「みなさん、インクのびんを机《つくえ》から出《だ》していいのですか？」

みんな声《こえ》をそろえて、間延《まの》びした調子《ちょうし》で答《こた》えた。「いーえ、ハガーティせんせー！」

ルイスの顔《かお》がかあっとほてった。怒《いか》りとやるせなさでいっぱいだった。ハガーティ先生《せんせい》が、放課後《ほうかご》も残《のこ》って床《ゆか》のインクがこぼれたところをサンドペーパーでこすりなさい、と言《い》っているのが聞《き》こえた。いつまでやればいいかは言《い》っていなかった。

みんなが帰《かえ》ってから一時間後《じかんご》、ようやくハガーティ先生《せんせい》は帰《かえ》ってよろしいと言《い》った。ルイスの指先《ゆびさき》は、サンドペーパーのせいでヒリヒリしていた。あまりに怒《おこ》っていたので、ルイスはものごとを公正《こうせい》に見《み》られなくなっていた。ずんずんと歩道《ほどう》を歩《ある》いていると、みんなに対《たい》する、そしてすべてに対《たい》する怒《いか》りがわきあがってきた。でも、一番頭《いちばんあたま》にくるのはローズ・リタだ。授業《じゅぎょう》が終《お》わってから机《つくえ》のところまできて、居残《いのこ》りなんてかわいそう、わたしはみんなといっしょになって「いーえ、ハガーティせんせー！」って言《い》わなかったからね、って言《い》ったからってなんだっていうんだ！　そんなこと関係《かんけい》ない。ルイスはローズ・リタに怒《おこ》っていたし、自分《じぶん》には怒《おこ》る理由《りゆう》があると思《おも》っていた。

もし今日学校《きょうがっこう》でお守《まも》りを持《も》っていたら、守《まも》ってもらえたはずだ、とルイスは考《かんが》えた。ウッディはこわくて手《て》を出《だ》せなかっただろうし、インクのびんは割《わ》れなかったし、居残《いのこ》りにもならなかったにちがいない。お守《まも》りを捨《す》てろって言《い》ったのはだれだ？　ローズ・リタだ。ルイスによれば、今日起《きょうお》こったことはすべてローズ・リタのせいなのだった。

歩《ある》けば歩《ある》くほど、ルイスの怒《いか》りはふくらんだ。どうしてローズ・リタはなんにでも首《くび》をつっこむんだ？　お守《まも》りさえとりもどすことができれば！　でももうどうやって？　お守《まも》りはもうない。排水溝《はいすいこう》のなかなんだ。今《いま》ごろワイルダー・クリークか、もうミシガン湖《こ》まで流《なが》されているだろう。どうしようもないんだ……

ルイスははたと道《みち》のまんなかで立《た》ちどまった。ちょうど車通《くるまどお》りの多《おお》い交差点《こうさてん》を渡《わた》っていたので、クラクションがあちこちで鳴《な》り、運転手《うんてんしゅ》は急《きゅう》ブレーキをかけてあやうく事故《じこ》をまぬがれた。ブレーキのかんだかい音《おと》とクラクションの鳴《な》る音《おと》でルイスははっと我《われ》に返《かえ》り、なんとか無事《ぶじ》道《みち》を渡《わた》りきった。しかし道路《どうろ》の反対側《はんたいがわ》に着《つ》いたとたん、さっき思《おも》いついたことがまた頭《あたま》を駆《か》けめぐりはじめた。

もしローズ・リタがまだお守《まも》りを持《も》っていたら？　排水構《はいすいこう》に捨《す》てたって言《い》ったのがうそだったとしたら？

考《かんが》えれば考《かんが》えるほど、自分《じぶん》のとんでもない思《おも》いつきが正《ただ》しいのだという気《き》がしてきた。だいたい、ローズ・リタがお守《まも》りをどぶに捨《す》てるのをこの目《め》で見《み》たわけじゃないんだ。ローズ・リタからうまく聞《き》きだせないかやってみたほうがいいだろう。

その週《しゅう》の金曜日《きんようび》、学校《がっこう》の地下《ちか》のボイラーが破裂《はれつ》した。学校《がっこう》が早《はや》く終《お》わったので、ルイスとローズ・リタは、午後《ごご》はローマのガレー船作《せんづく》りをすることにした。ガレー船《せん》はほとんど完成《かんせい》していたけれど、まだ最後《さいご》の仕上《しあ》げがいくつか残《のこ》っていた。

ガレー船《せん》は、ローズ・リタの机《つくえ》のまんなかにのせてあった。バルサ材《ざい》の削《けず》りクズやボール紙《がみ》が散《ち》らばり、乾《かわ》いたプラモデル用《よう》のノリがあちこちにこびりついている。ルイスは机《つくえ》の前《まえ》にすわり、ボーイスカウトのナイフでバルサ材《ざい》の板切《いたき》れに切《き》りこみを入《い》れようとしていた。船《ふね》のへさきにつける装飾用《そうしょくよう》の破城槌《はじょうつい》を作《つく》るつもりだった。

「えい、くそ！」ルイスはジャックナイフを放《ほう》りなげて、にくにくしげににらみつけた。

ローズ・リタは本《ほん》をめくるのをやめて、顔《かお》をあげた。「どうしたの？」

「ああ、このおんぼろナイフさ。こんなのじゃ、バターも切《き》れない」

ローズ・リタは考《かんが》えこんだ。「そうだ！　わたしのエグザクト（工作《こうさく》・業務用《ぎょうむよう》ナイフのメイカー）のナイフセットを使《つか》えば？　すっかり忘《わす》れてた。たんすのひきだしに入《はい》ってるから」

「それがいい！　どのひきだしに入《はい》ってるの？　取《と》ってくるよ」ルイスは椅子《いす》をひいて立《た》ちあがった。そしてたんすのところまでいくと、ひきだしを開《あ》けてなかをのぞきはじめた。

ローズ・リタは飛《と》びあがって、あわててルイスをとめようとした。「ちょっと、ルイス！　さわらないで！　わたしのたんすなんだから。ひとには見《み》せたくないものも入《はい》ってるのよ。それに」ローズ・リタはにやっと笑《わら》って付《つ》けくわえた。「どうせそのひきだしは開《あ》けられないし、かぎがかかってるからね。わたししかそのかぎは持《も》ってないの。どこにあるかは内緒《ないしょ》よ。さあ、部屋《へや》から出《で》て廊下《ろうか》に立《た》っててちょうだい。ドアは閉《し》めてね。すぐだから」

「ああ、わかったよ！」ルイスはぶつぶつと言《い》った。そしてどたどたと廊下《ろうか》へ出《で》ると、ドアを勢《いきお》いよく閉《し》めた。壁紙《かべがみ》をじっと見《み》つめながらルイスは考《かんが》えた。「ひとには見《み》せたくないものだって？　ヘン！　そこにいっしょに、ぼくのお守《まも》りもしまってるにちがいない。ご心配《しんぱい》なく！　とりもどしてやるからな！」

数分後《すうふんご》、ローズ・リタはルイスをまた部屋《へや》に入《い》れた。たんすのひきだしは元《もと》どおりぜんぶ閉《し》まっていたが、エグザクトのナイフは机《つくえ》のうえに並《なら》べてあった。ルイスは黒《くろ》い背《せ》の高《たか》いたんすをうえから下《した》までじろじろ眺《なが》めた。どのひきだしだ？　うえのふたつのどちらかにちがいない。かぎ穴《あな》があるのはそのふたつだけだからだ。でも、かぎがないのにどうやってなかのものを手《て》に入《い》れる？

ローズ・リタはルイスがたんすをじろじろ眺《なが》めているのを見《み》て、心配《しんぱい》になった。「ちょっと、ルイス」そう言《い》って、ローズ・リタはルイスの腕《うで》をとった。「ちょっとしたものが入《はい》ってるだけよ。おかあさんにだって見《み》せないものもあるの。だから自分《じぶん》だけ仲間《なかま》はずれだなんて思《おも》わないでよ。さあ、ガレー船《せん》の続《つづ》きをしよう。ほら、こうやって刃《は》を柄《え》につけて……」

その晩《ばん》、ルイスは目《め》がさえて、ベッドのなかで何度《なんど》も寝返《ねがえ》りをうった。下《した》の書斎《しょさい》の置時計《おきどけい》が鈍《にぶ》い音《おと》で一時《じ》を打《う》つのが聞《き》こえた。二時《じ》……三時《じ》……。なんとかしてかぎのかかったひきだしのなかを見《み》る方法《ほうほう》はないだろうか。ルイスは計画《けいかく》を練《ね》ろうとしたが、無駄《むだ》だった。どれもかぎを持《も》っていることが前提《ぜんてい》だったからだ。なのにいったいどこを探《さが》せばいいのか、見当《けんとう》もつかない。ローズ・リタの留守《るす》をねらって部屋《へや》のなかを片《かた》っぱしから探《さが》すことも考《かんが》えた。でもどうすればローズ・リタのおかあさんにへんに思《おも》われずにやれるだろうか？　面倒《めんどう》なことになるのはいやだった。すべてが、慎重《しんちょう》かつひそかに行《おこ》なわれなければならない。ローズ・リタに気《き》づかれないように。ルイスは、お守《まも》りがどちらかのひきだしの暗《くら》いすみっこにしまいこんであることを祈《いの》った。ローズ・リタがしょっちゅう見《み》ないような場《ば》所《しょ》だといいんだけど。ルイスの顔《かお》が曇《くも》った。もしかしたら、ローズ・リタは毎日《まいにち》たんすを見《み》て、お守《まも》りがあるかたしかめているかもしれない。だったら偽《にせ》もののコインを作《つく》って……だめだ、そんなの無理《むり》に決《き》まってる。もしお守《まも》りをとったことがローズ・リタにばれたら、ひどく面倒《めんどう》なことになるだろう。

でも、どうやってお守《まも》りを手《て》に入《い》れればいいんだ？　ルイスは、合《あ》いかぎを作《つく》ることや、真夜中《まよなか》に覆面《ふくめん》と道具袋《どうぐぶくろ》と縄《なわ》ばしごを持《も》ってしのびこむことまで考《かんが》えた。それから思《おも》った。「でも、もし最初《さいしょ》からたんすのなかになかったら？　もしほんとうにローズ・リタが捨《す》てていたら？」

どちらにしろ、ひきだしのかぎがなくてはなにもわからない。なのにどこを探《さが》せばかぎがあるのかさえ、わからないのだ。

望《のぞ》みはないように思《おも》えた。時計《とけい》が四時《じ》を打《う》ったころには、いつのまにか眠《ねむ》っていた。その夜見《よるみ》たのは、かぎの夢《ゆめ》だった。ルイスは古道具屋《ふるどうぐや》の部屋《へや》のなかをさまよっている。どの部屋《へや》も天井《てんじょう》までかぎでいっぱいだ。ありとあらゆる大《おお》きさや形《かたち》のかぎ。輪《わ》に通《とお》したかぎ束《たば》もあったけれど、ほとんどはばらのまま床《ゆか》に積《つ》まれていた。ルイスはひたすら探《さが》しつづけた。けれども目当《めあ》てのかぎは見《み》つからなかった。

第《だい》10章《しょう》　ひきだしのかぎ

　次《つぎ》の朝《あさ》、目《め》を覚《さ》ましても、ルイスはまだかぎのことを考《かんが》えていた。でも、たんすのひきだしのかぎを見《み》つける方法《ほうほう》は、見《み》つからないままだった。その日《ひ》は土曜日《どようび》で、ローズ・リタは眼医者《めいしゃ》の予約《よやく》をとっていた。ローズ・リタは近眼《きんがん》で、視力《しりょく》がどんどん落《お》ちるので、しょっちゅうメガネを変《か》えなければならなかったのだ。今日《きょう》はルイスもいっしょにいって、目《め》の検査《けんさ》をすることになっていた。ルイスはメガネはかけていないけれど、本《ほん》を開《ひら》いたまままよく寝《ね》てしまうので、それに気《き》づいたジョナサンが、読書用《どくしょよう》メガネを使《つか》ったほうがいいのでないかと言《い》いはじめたのだ。ルイスはいらないと言《い》ったけれど、最後《さいご》には眼医者《めいしゃ》にいくことを承知《しょうち》した。

　その日《ひ》の午後《ごご》、ルイスとローズ・リタはヴェッセル先生《せんせい》の病院《びょういん》の待合室《まちあいしつ》で漫画《まんが》を読《よ》んでいた。ルイスはちょうど検査《けんさ》を終《お》え、ローズ・リタの番《ばん》を待《ま》っているところだった。

ヴェッセル先生《せんせい》は診察室《しんさつしつ》のドアを開《あ》けると、待合室《まちあいしつ》をのぞいた。「はい、次《つぎ》のかた」ローズ・リタは漫画《まんが》をぽんと置《お》くと、立《た》ちあがった。「わたしです」ローズ・リタはうんざりしたように言《い》った。「あとでね、ルイス」

ローズ・リタは診察室《しんさつしつ》へ入《はい》っていった。ルイスは、ローズ・リタがベレー帽《ぼう》をかぶったままなのに気《き》づいた。おかしな帽子《ぼうし》！ ローズ・リタはどこへいくにもあの帽子《ぼうし》をかぶっている。教会《きょうかい》にも、学校《がっこう》にも、食事《しょくじ》にも。きっとベッドのなかでもかぶっているにちがいない。へんなやつ。

ルイスはまた漫画《まんが》を読《よ》みはじめたが、突然大《とつぜんおお》きな声《こえ》が聞《き》こえてきたのでびくっとした。ドアの向《む》こうでローズ・リタとヴェッセル先生《せんせい》が言《い》いあらそっている。いきなりヴェッセル先生《せんせい》がドアを開《あ》けて、鏡《かがみ》の横《よこ》の帽子《ぼうし》かけを指《ゆび》さした。

「あそこだ！」先生《せんせい》はきっぱりと言《い》った。「あそこにかけなさい！」

「いやです！ いったいなにさまのつもり？ 神様《かみさま》とか？」

ヴェッセル先生《せんせい》はこわい顔《かお》をしてローズ・リタをにらみつけた。「いいや、神《かみ》じゃない。ただの意地《いじ》の悪《わる》い眼医者《めいしゃ》さ。わたしは、目《め》の検査《けんさ》をしている最中《さいちゅう》に、そのベレー帽《ぼう》をかぶってほしくないんだ。機械《きかい》にあたるし、気《き》が散《ち》る。それに……そう、わたしはその帽子《ぼうし》がきらいなんだ。さあ、あそこにかけてきなさい。じゃなかったら、帰《かえ》るんだ」

「わかったわよ！」ローズ・リタはつかつかと待合室《まちあいしつ》に入《はい》ってくると、ベレー帽《ぼう》を帽子《ぼうし》かけに乱暴《らんぼう》にひっかけた。それから大《おお》またでヴェッセル先生《せんせい》の診察室《しんさつしつ》にもどった。先生《せんせい》は静《しず》かにドアを閉《し》めた。

ルイスは帽子《ぼうし》を見《み》あげて、にやっと笑《わら》った。やっぱりへんなやつ。ルイスは漫画《まんが》を取《と》りあげたが、またすぐに下《した》に置《お》いた。

あのベレー帽《ぼう》のなかにかぎが入《はい》っていたら？

ルイスは立《た》ちあがって、そろそろと帽子《ぼうし》かけのほうへ歩《ある》いていった。そしてそっと帽子《ぼうし》を下《お》ろした。なかを見《み》ると、果《は》たして小《ちい》さな黒《くろ》いかぎが安全《あんぜん》ピンで帽子《ぼうし》の布《ぬの》に留《と》めてあった。

ルイスは歓声《かんせい》をあげそうになった。これこそ探《さが》していたかぎにちがいない。まちがいない。そして、不安《ふあん》げにヴェッセル先生《せんせい》の診察室《しんさつしつ》のドアをちらりと見《み》た。時間《じかん》はどのくらいあるだろう？　ローズ・リタはまえに、自分《じぶん》の目《め》には悪《わる》いところがいっぱいあるからヴェッセル先生《せんせい》の診察《しんさつ》は長《なが》くかかると言《い》っていた。一時間《じかん》くらいかかるんだろうか？　ルイスは時計《とけい》を見《み》た。一《いち》か八《ばち》かやってみるしかない。ルイスは安全《あんぜん》ピンを外《はず》してかぎをポケットに入《い》れると、ピンをまた帽子《ぼうし》のなかに留《と》め、帽子《ぼうし》かけに注意深《ちゅういぶか》くもどした。帽子《ぼうし》についているボタンがジャラジャラ鳴《な》った。どうかローズ・リタに聞《き》こえませんように。そしてすべて終《お》えると、診察室《しんさつしつ》のドアまでいって、トントンと叩《たた》いた。

「ローズ・リタ？」

「なに？」

「ぼ……ぼく町《まち》へいってジョナサンおじさんにタバコを買《か》わなきゃいけなかったのを思《おも》いだしたんだ。そんなにかからないと思《おも》う」

「ああ、お好《す》きなだけどうぞ！　こっちはまだ何日《なんにち》もかかりそうだから」

「うん……わかった。すぐもどるね」

ルイスはあわててコートを着《き》て帽子《ぼうし》をかぶりオーバーシューズをはくと、すべりそうになりながらヴェッセル先生《せんせい》の玄関《げんかん》の階段《かいだん》をおりた。それから、なるべく急《いそ》いでローズ・リタの家《いえ》へ向《む》かって歩《ある》きだした。ポケットのなかのかぎを握《にぎ》りしめ、歩《ある》きながら計画《けいかく》を練《ね》る。

ポッティンガー夫人《ふじん》になんて言《い》うか考《かんが》えなくちゃ。

ポッティンガーさんの家《いえ》の玄関《げんかん》に着《つ》くと、ルイスは深呼吸《しんこきゅう》した。それから階段《かいだん》をあがって、ベルを鳴《な》らした。おそろしく長《なが》く思《おも》える時間《じかん》がたったあと、ポッティンガー夫人《ふじん》がドアを開《あ》けた。ルイスを見《み》て驚《おどろ》いたようだった。

「あら、ルイス！　どうしたの？　ローズ・リタとヴェッセル先生《せんせい》のところにいってると思《おも》ってたわ」

ルイスはポケットのなかに手《て》をつっこんで、ドアマットを見《み》つめた。「ええ、まあ、そうなんです。でも、こういうことなんです。つまり、そのあとでローズ・リタとぼくは〈ヒームソス〉にコーラを買《か》いにいこうと思《おも》ったんですけど、お金《かね》が足《た》りなかったんです。ローズ・リタは鏡台《きょうだい》のうえにお財布《さいふ》を忘《わす》れてきたって。だから取《と》ってきてもいいですか？」

そう言《い》いおわってからポッティンガー夫人《ふじん》が答《こた》えるまで、何千年《なんねん》もたったような気《き》がした。ルイスは、子《こ》どもが他《ほか》の子《こ》どものたんすからものを盗《ぬす》んでつかまったら、少年拘置所《しょうねんこうちしょ》に送《おく》られるんだろうか、と考《かんが》えはじめた。

ポッティンガー夫人《ふじん》は答《こた》えるまでちょっと時間《じかん》がかかった。ひどくのんびりしたひとだったのだ。「ええ、もちろんよ。どうぞ」ようやくポッティンガー夫人《ふじん》は言《い》った。「もしたんすのなかにあるって言《い》ったんなら、残念《ざんねん》でしたって言《い》ったでしょうね。なにしろあの子《こ》はわたしにでさえさわらせないんだから。さあ、どうぞ。もし財布《さいふ》が見《み》つからなかったら、おばさんがお金《かね》をあげるわ」

「ええ、ありがとうございます、おばさん。すぐもどります」

「ごゆっくり」ポッティンガー夫人《ふじん》はうしろを向《む》いて、台所《だいどころ》のほうへもどっていった。ルイスは夫人《ふじん》のうしろ姿《すがた》を見送《みおく》った。おばさんはぼくのことを信用《しんよう》してるんだ。あたりまえだ。ぼくはローズ・リタの親友《しんゆう》なんだから。いやな気持《きも》ちだった。地下室《ちかしつ》かどこかへ隠《かく》れてしまいたい。けれどもそうはせずに、ルイスは階段《かいだん》をのぼりはじめた。

ルイスはかぎを持《も》ってたんすの前《まえ》に立《た》った。今《いま》にもポッティンガー夫人《ふじん》が階段《かいだん》をのぼってくるような気《き》がして、耳《みみ》をすませた。そのかわりに、お皿《さら》を洗《あら》っているカチャカチャという音《おと》が聞《き》こえた。ルイスはうしろを向《む》いて、寝室《しんしつ》のドアを開《あ》けっぱなしにしていたことに気《き》づいた。ルイスはさっとかけより、ドアを閉《し》めた。それからまたたんすにもどった。

うえのふたつのひきだしにかぎがついている。どちらかのはずだ。きっとふたつともおなじかぎなんだろう。ルイスはそう願《ねが》った。先《さき》に右側《みぎがわ》のひきだしを試《ため》すことにした。ルイスはかぎをさしこむと、くるりと回《まわ》した。でも、ひきだしをひっぱっても、びくともしない。ということは初《はじ》めからかぎがかかっていなかったのだ。ルイスはかぎを反対《はんたい》に回《まわ》すと、ひきだしをひっぱった。なかはローズ・リタの下着《したぎ》でいっぱいだった。ルイスは自分《じぶん》の顔《かお》が赤《あか》くなるのを感《かん》じた。そしてあわててひきだしをもどした。あのなかにお守《まも》りがあるかもしれないけれど、もう片方《かたほう》のを先《さき》に調《しら》べることにしよう。

ルイスは左側《ひだりがわ》のひきだしのかぎを開《あ》けると、ひきだした。小《ちい》さな箱《はこ》やガラクタがいっぱい入《はい》っている。こっちだ。ルイスはひきだしをぜんぶひっぱりだすと、ローズ・リタの机《つくえ》のうえに置《お》いてなかを調《しら》べはじめた。ところが、最初《さいしょ》の箱《はこ》を開《あ》けたとたん、ドアをノックする音《おと》が聞《き》こえた。

「だいじょうぶかい?」

ルイスは凍《こお》りついた。ローズ・リタのパパだ! すっかり忘《わす》れてた! いつもだったらポッティンガーさんは、昼間《ひるま》は家《いえ》にいない。でも、今日《きょう》は土曜日《どようび》だ。ドアを一枚《まい》へだてたそこの廊下《ろうか》で、ルイスが答《こた》えるのを待《ま》っているのだ。ルイスの頭《あたま》はぐるぐる回《まわ》った。どうしよう？　答《こた》えようか？　それとも窓《まど》から逃《に》げようか？

コンコン。さっきよりもせっぱつまった鋭《するど》い音《おと》だった。そしてもう一度《いちど》、ポッティンガーさんのよく通《とお》る大《おお》きな声《こえ》が聞《き》こえた。「だいじょうぶかい、ときいてるんだぞ」

ルイスは半狂乱《はんきょうらん》になってまわりを見《み》まわした。ドアノブを見《み》たとたん、ルイスの目《め》は吸《す》いよせられた。今《いま》にも、ドアノブがまわりはじめるのが見《み》えるような気《き》がする。そしたら……

そのとき、階段《かいだん》の下《した》からポッティンガー夫人《ふじん》が叫《さけ》ぶ声《こえ》が聞《き》こえた。「ちょっと、そんなに騒《さわ》がないでよ、ジョージ。ルイス・バーナヴェルトがローズ・リタの財布《さいふ》を取《と》りにきてるのよ」

「ならどうして返事《へんじ》をしないんだ？　ローズ・リタの部屋《へや》から音《おと》が聞《き》こえて、あの子《こ》が出《で》かけてるのは知《し》ってたからおかしいと思《おも》ったんだ……」

「なら、もうわかったでしょ。そっとしといてあげなさいよ。恥《は》ずかしくて返事《へんじ》ができないのよ。あなたがそんなにわめきたててこわがらせるから。あなたも子《こ》どものころはそうだったでしょ。忘《わす》れたとは言《い》わせませんよ！」

ポッティンガーさんはくすくす笑《わら》った。「ああ、そうだったかもしれんな」そしてふざけ半分《はんぶん》にコンコンと軽《かる》くドアを叩《たた》くと、言《い》った。「しっかりな、ルイス！」ポッティンガーさんは鼻歌《はなうた》を歌《うた》いながら廊下《ろうか》を歩《ある》いていった。ドアがバタンと閉《し》まり、お風呂場《ふろば》の蛇口《じゃぐち》をひねったのが聞《き》こえた。

ルイスは、エグザクト・ナイフの刃《は》の入《はい》った箱《はこ》のふたを持《も》ったまま、机《つくえ》の横《よこ》に立《た》ちつくしていた。全身《ぜんしん》が震《ふる》えていた。ようやく気持《きも》ちを落《お》ちつかせると、ルイスはまたひきだしの中身《なかみ》を調《しら》べはじめた。エグザクト・ナイフの刃《は》の箱《はこ》。カボチャちょうちんの形《かたち》に彫《ほ》ったクリの実《み》。〝リトル・デューク・ミニカード〟と書《か》いた厚紙《あつがみ》の箱《はこ》に入《はい》ったミニチュアのトランプセット。ルイスはひとつひとつひきだしから出《だ》して、緑《みどり》の吸《す》い取《と》り紙《がみ》のうえに並《なら》べていった。お守《まも》りはなかなか出《で》てこない。

ふたに〝デュルーク社製《しゃせい》〟のラベルのついた、小《ちい》さなプラスティックのチェスの駒《こま》が入《はい》った箱《はこ》。共和党《きょうわとう》のシンボルのゾウと民主党《みんしゅとう》のロバの形《かたち》をした磁石《じしゃく》のおもちゃ。〝マーシャルフィールズ、シカゴ（シカゴのデパート）〟というスタンプの押《お》されたぼろぼろの小《ちい》さな青《あお》いケース。マーシャルフィールズのラベルの下《した》に住所《じゅうしょ》を書《か》いた白《しろ》いラベルが貼《は》ってある。〝ローズ・リタ・ポッティンガー様《さま》　ミシガン州《しゅう》　ニュー・ゼベダイ　マンション通《どお》り三九番地《ばんち》〟。箱《はこ》を開《あ》けると、お守《まも》りがあった。

信《しん》じられない気持《きも》ちだった。涙《なみだ》があふれてきた。ほんとうにあった！　震《ふる》える指《ゆび》でルイスは鎖《くさり》を持《も》ちあげると、すっと首《くび》にかけた。それからシャツの一番《いちばん》うえのボタンを留《と》めた。ルイスはきつい襟《えり》の服《ふく》と、このボタンが大嫌《だいきら》いで、今《いま》まで一度《いちど》も留《と》めたことがなかった。息《いき》が詰《つ》まるような気《き》がするのだ。でも、そんなことはどうでもいい。今《いま》からもどって、ローズ・リタと顔《かお》を合《あ》わせなくてはならない。ローズ・リタに鎖《くさり》をかけているのを見《み》られたくなかった。

ルイスはじっとして耳《みみ》をすませた。ドアが閉《し》まっているのではっきりとはわからないけれど、ポッティンガー夫人《ふじん》は下《した》で歌《うた》を歌《うた》っているようだ。夫人《ふじん》はお皿《さら》を洗《あら》ったり掃除《そうじ》をしながら、よく歌《うた》っていた。水《みず》が流《なが》れる音《おと》は続《つづ》いていた。ポッティンガーさんはお風呂《ふろ》に入《はい》っているのだろう。よし。なるべく急《いそ》いでここを出《で》よう。

ルイスは、すばやくローズ・リタのひきだしに入《はい》っていた品々《しなじな》をもどしはじめた。だれかがいじくりまわしたらわかるように決《き》まった順番《じゅんばん》でしまってなければいいんだけど。まあ、もしそうだったとしたら、運《うん》が悪《わる》かったと思《おも》うしかない。いつかは、ローズ・リタはお守《まも》りがなくなっているのに気《き》づくだろう。でもそのころには、どうしてぼくがお守《まも》りを取《と》ったかわかるはずだ。ぼくは、勇気《ゆうき》と力《ちから》を得《え》てローズ・リタを守《まも》ってやるんだから。ルイスは、最後《さいご》にはなにもかも思《おも》ったとおりになるよう祈《いの》った。

ルイスはひきだしを元《もと》の場所《ばしょ》にもどすと、かぎを回《まわ》した。よし。これであとは帰《かえ》るだけだ。ヴェッセル先生《せんせい》の診療所《しんりょうじょ》へもどって、ベレー帽《ぼう》にかぎを返《かえ》し、なにごともなかったかのようにただすわってローズ・リタを待《ま》っていればいいんだ。

静《しず》かに鼻歌《はなうた》を歌《うた》いながら、ルイスは廊下《ろうか》を歩《ある》いて、階段《かいだん》を小走《こばし》りでおりた。玄関《げんかん》のドアノブに手《て》をかけたとたん、ポッティンガー夫人《ふじん》が台所《だいどころ》から叫《さけ》んだ。「必要《ひつよう》な物《もの》はあったの、ルイス？」

「え……ええ。あの、ありがとうございました。さようなら」声《こえ》がうわずって、ネズミの鳴《な》き声《ごえ》みたいだった。心臓《しんぞう》がどきどきしている。ルイスは玄関《げんかん》のドアを閉《し》めた。これで外《そと》だ。うまくやりおおせたのだ。もうチャールズ・アトラスもサンドバッグもなにもなくたって、強《つよ》くなれるんだ。

しかし、ポッティンガー家《け》の玄関《げんかん》の階段《かいだん》を降《お》りようとして、ルイスははたと足《あし》をとめた。あの黒《くろ》い影《かげ》のことを思《おも》いだしたのだ。お守《まも》りを持《も》つようになったら、もどってくるかもしれない。魔法《まほう》のコインをとりもどす計画《けいかく》を立《た》てはじめたときから、その恐怖《きょうふ》は常《つね》に頭《あたま》の片《かた》すみにあった。でも、いつもの〝論理的説明《ろんりてきせつめい》〟で抑《おさ》えこんできたのだ。でも、完全《かんぜん》にはなくならなかった。

「だからなんだっていうんだ！」ルイスは声《こえ》に出《だ》して言《い》った。「これじゃただのおくびょうものだ。もう、だれもぼくに手《て》だしはできないんだぞ」

ルイスは空《そら》を見《み》あげた。だんだん暗《くら》くなってきていた。ローズ・リタがなにかおかしいと疑《うたが》いだすまえにもどったほうがいいだろう。ルイスは上着《うわぎ》のボタンを閉《し》めると、歩《ある》きだした。

マンション通《どお》りをもどるとちゅうで、雪《ゆき》がふりはじめた。小《ち》さな白《しろ》い雪片《せっぺん》が渦《うず》をまいて、顔《かお》にぴしぴしとあたった。ルイスは自分《じぶん》がどこへいくのかわからないような、ふしぎな感《かん》覚《かく》にとらわれた。初冬《しょとう》の夕《ゆう》ぐれのなかを次々《つぎつぎ》に通《とお》りすぎていく見《み》なれているはずの車《くるま》が、昆虫《こんちゅう》の目《め》をした有史以前《ゆうしいぜん》の怪物《かいぶつ》のように見《み》える。雪嵐《ゆきあらし》がくるのかもしれない。それはそれでいい。湯気《ゆげ》の出《で》ているココアを片手《かたて》に、ジョナサンの図書室《としょしつ》にある暖炉《だんろ》のそばで過《す》ごしたら楽《たの》しいだろう。窓《まど》の外《そと》で雪《ゆき》がふっているのを眺《なが》めながら、ゆっくりとくつろごう。

ルイスは歩道《ほどう》に積《つ》もりはじめた雪《ゆき》をけりながら歩《ある》いていった。目《め》の前《まえ》に小《ちい》さな雪煙《ゆきけむり》がきらきらと舞《ま》いあがる。メイニックテンプルの前《まえ》にさしかかった。四階建《かいだ》てのレンガの建物《たてもの》で、断崖《だんがい》のように黒々《くろぐろ》とそびえている。正面《しょうめん》に、暗《くら》いアーチ道《みち》がぽっかりと口《くち》をあけていた。なぜかルイスはその前《まえ》で足《あし》をとめた。理由《りゆう》はわからない。けれど、ルイスは立《た》ちどまってじっと待《ま》った。

すると音《おと》がした。カサカサと紙《かみ》のすれるような音《おと》。アーチ道《みち》から古《ふる》い新聞紙《しんぶんし》が風《かぜ》に飛《と》ばされてきた。まるで生《い》きているみたいにずるずるとルイスに近《ちか》づいてくる。ルイスはこわくなったが、笑《わら》いとばそうとした。古新聞《ふるしんぶん》のどこがこわいんだ？ 新聞《しんぶん》は足《あし》もとまできた。ルイスはかがんで、拾《ひろ》いあげた。街角《まちかど》の街灯《がいとう》が風《かぜ》にゆれている。その明《あ》かりでなんとか新《しん》聞《ぶん》の名前《なまえ》だけは見《み》えた。ニュー・ゼベダイ新聞《しんぶん》。一八五九年《ねん》四月《がつ》三〇日《にち》。あの三セント硬《こう》貨《か》の発行年《はっこうねん》も一八五九年《ねん》だった。

ルイスは恐怖《きょうふ》のあまり小《ちい》さな悲鳴《ひめい》をあげて新聞《しんぶん》をなげ捨《す》てた。ところが、新聞《しんぶん》のほうが離《はな》れようとしない。人《ひと》なつこい猫《ねこ》みたいに、足《あし》にからみついてくる。ルイスはくるったように新聞《しんぶん》をけった。あっちへいけ！　次《つぎ》の瞬間《しゅんかん》、ルイスはけるのをやめて、ぱっと暗《くら》いアーチ道《みち》のほうをふりむいた。なかから影《かげ》がすうっと進《すす》みでてきた。

ルイスは口《くち》をパクパクさせたけれど、声《こえ》は出《で》なかった。「やあ、ジョージじゃないか！」と言《い》って自分《じぶん》を安心《あんしん》させようとしたが、できなかった。ルイスは根《ね》が生《は》えたように立《た》ちつくして、影《かげ》がやってくるのに見入《みい》った。冷《つめ》たい灰《はい》のような息《いき》がかかった。

影《かげ》はルイスの目《め》の前《まえ》まできて、雪《ゆき》の積《つ》もった歩道《ほどう》のうえに立《た》った。そして暗《くら》くぼんやりと見《み》える手《て》を持《も》ちあげ、手《て》まねきをした。ルイスはいきなりぐっと前《まえ》へひっぱられたような気《き》がした。まるで首輪《くびわ》をつけられて、革《かわ》ヒモをひっぱられたみたいに。逆《さか》らうことはできない。いくしかなかった。ルイスはよろめきながら前《まえ》へ出《で》て、手《て》まねきしている影《かげ》についていった。雪《ゆき》が二人《ふたり》を包《つつ》み、視界《しかい》から消《け》しさった。

第《だい》11章《しょう》　雪《ゆき》の足《あし》あと

ローズ・リタは、ヴェッセル先生《せんせい》の病院《びょういん》の待合室《まちあいしつ》にかかっている時計《とけい》を見《み》あげた。ローズ・リタが時計《とけい》を見《み》たのは、この五分間《ふんかん》で三回目《かいめ》だった。

時計《とけい》は五時《じ》十五分《ふん》をさしていた。ルイスがここを出《で》ていったのは、三時半《じはん》かそのくらいだ。タバコを買《か》って、家《いえ》に帰《かえ》って、またここにもどってくるのに、二時間近《じかんちか》くもかかるなんて信《しん》じられない。でも、じっさいもどってきていないのだ。電話《でんわ》もないし、なんの連絡《れんらく》もない。ヴェッセル先生《せんせい》の診察《しんさつ》はそんなにかからなかった。もうこの待合室《まちあいしつ》にいらいらしながら一時間以上《じかんいじょう》もすわっているのだ。これ以上我慢《いじょうがまん》できない。

ローズ・リタは玄関《げんかん》ホールに飛《と》びだすと、さっさと帰《かえ》るしたくをはじめた。コート、スカーフ、ながぐつ、てぶくろ。ローズ・リタはかんかんだった！　今度《こんど》ルイスに会《あ》ったらなんて言《い》ってやろうか、言《い》いたいことが頭《あたま》のなかを駆《か》けめぐった。ローズ・リタは手《て》を伸《の》ばして、ベレー帽《ぼう》をひっつかんだ。そしていつものくせで、手《て》をつっこんでかぎがあるかたしかめた。かぎは消《き》えていた。

ローズ・リタは立《た》ったまま、かぎを留《と》めていた安全《あんぜん》ピンを呆然《ぼうぜん》と見《み》つめた。そういうことだったわけね！　なんて汚《きたな》くて、ずるくて、卑怯《ひきょう》で、ひどい——怒《いか》りがこみあげてきた。さっきまでの怒《いか》りなんか比《くら》べものにならない。でも、それから、ふと手《て》をとめた。ルイスは、お守《まも》りのことはローズ・リタにぜんぶ話《はな》していた。街灯《がいとう》の下《した》で待《ま》ち伏《ぶ》せていた影《かげ》のことも、どこからともなくただよってきたおそろしいメッセージのことも。そしてルイスはお守《まも》りをとりにいって、もどってきていないのだ。

ローズ・リタはヴェッセル先生《せんせい》の玄関《げんかん》のドアを開《あ》けた。外《そと》は暗《くら》く、雪《ゆき》がふっている。ローズ・リタはわきあがってくる恐怖《きょうふ》を必死《ひっし》で抑《おさ》え、歯《は》を食《く》いしばって自分《じぶん》に言《い》いきかせた。「助《たす》けを呼《よ》ぶのよ。助《たす》けを呼《よ》ぶのよ」そうくりかえしながら、ローズ・リタは階段《かいだん》をかけおり、雪《ゆき》のなかを走《はし》りだした。

ジョナサンおじが食堂《しょくどう》で炉棚《ろだな》の時計《とけい》を巻《ま》いていると、玄関《げんかん》からドンドンドンドンドンとものすごいすごい音《おと》がした。ドアを開《あ》けると、ローズ・リタがまっかな顔《かお》をして息《いき》を切《き》らしながら、雪《ゆき》まみれになって立《た》っていた。

「おじさん……バーナヴェルトおじさん……もう……手遅《ておく》れに……ルイスを……ルイスを探《さが》さないと……」ぬれた冷《つめ》たい泡《あわ》がふつふつとのどからあふれでて、口《くち》のなかではじけた。ローズ・リタはそれ以上《いじょう》しゃべれなかった。

ジョナサンはローズ・リタの肩《かた》に腕《うで》をかけ、落《お》ちつかせようとした。そしてコートがぬれて重《おも》そうだから脱《ぬ》いだほうがいい、と言《い》った。ところがコートのボタンを外《はず》すのを手《て》伝《つだ》ってやろうとすると、ローズ・リタは怒《おこ》ったようにジョナサンを押《お》しのけた。そして立《た》ったまま、呼吸《こきゅう》を整《ととの》えようとした。しばらくしてようやく声《こえ》が出《で》るようになると、ローズ・リタはジョナサンをまっすぐ見《み》すえ、できるだけ落《お》ちついた調子《ちょうし》で言《い》った。

「おじさん……あの……ルイスになにかおそろしいことが起《お》こったにちがいありません。おじさんがルイスにあげたあの古《ふる》いコイン……おじいさんのトランクから出《で》てきた……」

ジョナサンはふしぎそうにローズ・リタを見《み》た。「ああ、覚《おぼ》えとるよ。あれがどうかしたかい？」

「ええ、あれには魔法《まほう》がかかっていたんです。わたしからルイスがとって、ルイスがのっとられて……なんとかしなくっちゃ……」もうだめだった。ローズ・リタは両手《りょうて》を顔《かお》に押《お》しあて、泣《な》きくずれた。全身《ぜんしん》を震《ふる》わせて。

それからしばらくして、ローズ・リタとジョナサンとツィマーマン夫人《ふじん》はツィマーマン夫人《ふじん》の台所《だいどころ》のテーブルにすわっていた。ツィマーマン夫人《ふじん》はローズ・リタの手《て》を握《にぎ》って、なぐさめている。ローズ・リタは知《し》っていることをすべて話《はな》しおえたところだった。

「だいじょうぶですよ、ローズ・リタ」ツィマーマン夫人《ふじん》は優《やさ》しく言《い》った。「なにもかもうまくいきますよ。ルイスは見《み》つかるわ」

ローズ・リタは泣《な》くのをやめて、ツィマーマン夫人《ふじん》の目《め》をまっすぐ見《み》た。「ほんとうに？　どうやって見《み》つけるの？」

ツィマーマン夫人《ふじん》はじっとテーブルを見《み》つめた。「まだわからない」ツィマーマン夫人《ふじん》は低《ひく》い声《こえ》でつぶやいた。

ローズ・リタは必死《ひっし》で絶望《ぜつぼう》と戦《たたか》った。ほんとうだったら、今《いま》すぐにでも三人《にん》で車《くるま》に乗《の》りこんで、ルイスを探《さが》しに飛《と》んでいきたい。なのに、どこを探《さが》せばいいのかさえわかっていないのだ。台所《だいどころ》の時計《とけい》がジィーと鳴《な》り、ツィマーマン夫人《ふじん》は指輪《ゆびわ》についた巨大《きょだい》な紫《むらさき》の石《いし》を、白《しろ》いエナメルのテーブルにコツコツとぶつけた。考《かんが》えているのだ。

とつぜんツィマーマン夫人《ふじん》が椅子《いす》を押《お》しのけて飛《と》びあがった。「そうよ！　さあ、いきますよ。上着《うわぎ》を着《き》て。どこへいけばいいかわかりましたよ！」

ローズ・リタとジョナサンはなにがなんだかわからなかったけれど、ツィマーマン夫人《ふじん》につづいて玄関《げんかん》ホールへ出《で》て外《そと》へいくしたくをはじめた。ジョナサンは大《おお》きな毛皮《けがわ》のコートを着《き》て、小《ちい》さな黒《くろ》い干草《ほしくさ》の山《やま》みたいに見《み》える帽子《ぼうし》をかぶった。ツイマーマン夫人《ふじん》は厚《あつ》ぼったい紫《むらさき》のケープをはおり、玄関《げんかん》のクローゼットをひっかきまわしてかさを探《さが》した。小《ちい》さな黒《くろ》いかさで、錆《さ》び色《いろ》の縞《しま》が幾筋《いくすじ》もつき、クリスタルの握《にぎ》り玉《だま》がついている。ローズ・リタはどうしてかさなんて持《も》っていくんだろう、とふしぎに思《おも》った。

用意《ようい》ができるとすぐに三人《にん》はとなりへいき、車庫《しゃこ》からジョナサンが車《くるま》を出《だ》してきた。ローズ・リタは前《まえ》の座席《ざせき》のジョナサンとツィマーマン夫人《ふじん》のあいだに体《からだ》を押《お》しこんだ。マンション通《どお》りとハイストリートの角《かど》にくると、ジョナサンはブレーキを踏《ふ》んで、ローズ・

リタのほうを見《み》た。

「よし、ローズ・リタ。おまえさんは家《いえ》に帰《かえ》ったほうがいいだろう。もう遅《おそ》いし、おまえさんがどこへいったのか家《いえ》のひとが心配《しんぱい》するだろうから。おまえさんをこんな危険《きけん》な旅《たび》に連《つ》れていくわけにはいかんよ」

ローズ・リタは一歩《いっぽ》もひかない覚悟《かくご》で、ジョナサンをきっと見《み》かえした。「おじさん、もしわたしを厄介《やっかい》ばらいしたいなら、しばってうちの玄関《げんかん》ポーチに捨《す》てていくしかないから」

ジョナサンはローズ・リタをまじまじと見《み》つめた。そして肩《かた》をすくめ、運転《うんてん》を続《つづ》けた。

大《おお》きな黒《くろ》い車《くるま》はのろのろと中心街《ちゅうしんがい》を走《はし》り、ロータリーを回《まわ》った。雪《ゆき》は激《はげ》しくなっていた。噴水《ふんすい》の柱《はしら》に囲《かこ》まれたマリア様《さま》とヨセフ様《さま》の像《ぞう》にも、雪《ゆき》が積《つ》もっている。車《くるま》は町《まち》の外《そと》へ向《む》かっていた。町《まち》の境界線《きょうかいせん》の標識《ひょうしき》を越《こ》え、競技場《きょうぎじょう》とボールモル・ボーリングセンターも過《す》ぎた。ジョナサンは家《いえ》を出《で》るまえにツィマーマン夫人《ふじん》と大急《おおいそ》ぎで相談《そうだん》していたから、どこへいくのかわかっているようだった。ふだんなら、ローズ・リタはそんなちょっとした秘密《ひみつ》を教《おし》えてもらえないだけで腹《はら》を立《た》てていた。けれども今《いま》はルイスのことが心配《しんぱい》で、ルイスを助《たす》けるためなら、どこへ向《む》かっていようとかまいやしなかった。

　三人《にん》は郊外《こうがい》を走《はし》っていた。タイヤのチェーンがジャリジャリと鳴《な》る音《おと》が規則正《きそくただ》しく響《ひび》き、暗《くら》やみのなかから白《しろ》い点《てん》が噴《ふ》きだしてくる。ローズ・リタは催眠術《さいみんじゅつ》にかかったようにその光景《こうけい》に見入《みい》った。小惑星帯《しょうわくせいたい》を進《すす》む宇宙船《うちゅうせん》に乗《の》っている気分《きぶん》だ。白《しろ》い点《てん》は流星《りゅうせい》。ジャリジャリとチェーンが鳴《な》り、シューウシューウとワイパーがゆっくり雪《ゆき》を払《はら》いおとす。白《しろ》い点《てん》は絶《た》え間《ま》なく飛《と》んでくる。足《あし》にはヒーターの暖《あたた》かい風《かぜ》があたっている。まだ夕方《ゆうがた》になったばかりなのに、ローズ・リタはひどく疲《つか》れていた。診療所《しんりょうじょ》からルイスの家《いえ》まで雪《ゆき》のなかを走《はし》ってきたせいで、くたくただ。頭《あたま》ががくんと前《まえ》に垂《た》れた……

「だめだ。これ以上進《いじょうすす》めん」

　ローズ・リタはぶるぶると頭《あたま》をふって、目《め》をこすった。「え？」

　そう言《い》ったのはジョナサンだった。ジョナサンはギアをバックに入《い》れると、少《すこ》しうしろに下《さ》がった。それからローに入《い》れ、ゆっくりとアクセルを踏《ふ》みこんだ。車《くるま》はほんの少《すこ》し前《まえ》へ出《で》たが、すぐに止《と》まった。タイヤがキュキュキュときしる。ジョナサンは車《くるま》をさげ、もう一度《いちど》やってみた。もう一度《いちど》。さらにもう一度《いちど》。とうとうジョナサンはエンジンを止《と》めた。

そしてふうっと大《おお》きなため息《いき》をついて歯《は》ぎしりすると、役立《やくた》たずのハンドルをげんこつで叩《たた》いた。三人《にん》の前《まえ》には、波打《なみう》つ雪《ゆき》の砂漠《さばく》のような道路《どうろ》が伸《の》びていた。この雪《ゆき》の深《ふか》さでは車《くるま》で走《はし》るのは無理《むり》だ。

車《くるま》はポタポタと水《みず》をしたたらせ、カチッと鳴《な》って静《しず》かになった。白《しろ》い雪片《せっぺん》がワイパーのうえに積《つ》もりはじめる。三人《にん》はそのようすをじっと眺《なが》めた。長《なが》いあいだそうしていたように思《おも》えたけれど、じっさいは一分《ぷん》もたっていなかった。それからツィマーマン夫人《ふじん》がコホンと咳払《せきばら》いをした。いきなり音《おと》がしたので、ジョナサンとローズ・リタは飛《と》びあがった。そしていったいなにを言《い》いだすのかと、ツィマーマン夫人《ふじん》のほうを見《み》た。ツィマーマン夫《ふ》人《じん》はケープの袖《そで》に腕《うで》を通《とお》すと、車《くるま》の床《ゆか》からかさを拾《ひろ》いあげた。「さあ、みんな出《で》ましょう。オーバーシューズのバックルを留《と》めて、ボタンをうえまで閉《し》めるのよ。歩《ある》かなくちゃならないんですから」

ジョナサンは目《め》をまるくしてツィマーマン夫人《ふじん》を見《み》た。「歩《ある》く？　フローレンス、気《き》でもちがったのか？　まだ……つまり、あと何《なん》マイルあると思《おも》ってるんだね？」

「騒《さわ》ぐほどじゃありませんよ、ひげじいさん」ツィマーマン夫人《ふじん》はそう言《い》って、無理《むり》に笑《わら》った。

「でも、どちらにしろ、これじゃあ時間《じかん》の無駄《むだ》でしょう。歩《ある》かないと。ほかに方法《ほうほう》はないんですから」ツィマーマン夫人《ふじん》は車《くるま》のドアを開《あ》けると、外《そと》にすべりでた。ローズ・リタもあとに続《つづ》く。ジョナサンはヘッドライトを消《け》すと、助手席《じょしゅせき》の前《まえ》のグローブボックスから懐中電灯《かいちゅうでんとう》を取《と》りだした。そしてすぐに、二人《ふたり》を追《お》いかけて外《そと》に飛《と》びだした。

深《ふか》い雪《ゆき》のなかを歩《ある》くのはきつかった。足《あし》を高《たか》くあげてはさげ、あげてはさげしながら、穴《あな》から足《あし》を抜《ぬ》いてはまたすぐにズボッと雪《ゆき》に足《あし》をつっこんで進《すす》まなければならない。足《あし》がもげそうだ。すぐに、ジョナサンとツィマーマン夫人《ふじん》とローズ・リタはへとへとになった。

「ああ、こんなの無駄《むだ》だ！」ジョナサンはゼイゼイとあえいだ。そして帽子《ぼうし》をひっつかむと、雪《ゆき》のなかへ投《な》げ捨《す》てた。「こんな調子《ちょうし》じゃ、いつまでたっても着《つ》きやしない！」

「やるしかありませんよ」ツィマーマン夫人《ふじん》は息《いき》を切《き》らしながら言《い》った。「一分休《ぷんやす》んで、出発《しゅっぱつ》しましょう。すくなくとも雪《ゆき》はやみましたよ」

ほんとうだった。ローズ・リタが空《そら》を見《み》あげると、星《ほし》が輝《かがや》いていた。月《つき》も出《で》ている。大《おお》きな満月《まんげつ》だった。月《つき》の光《ひかり》で、ちょっと離《はな》れたところに車《くるま》があるのが見《み》えた。ちょうど道路《どうろ》がカーブしたところだ。車《くるま》が見《み》えなくなるところまでも、きていないのだ。

「カファーナウム郡《ぐん》の道路公団《どうろこうだん》の連中《れんちゅう》みたいに怠慢《たいまん》なやつらは見《み》たことがない」ジョナサンはぼやいた。「今《いま》すぐ雪《ゆき》かきトラックを出《だ》すべきなのに！」

「無駄口《むだぐち》をたたいてる余裕《よゆう》はありませんよ」ツィマーマン夫人《ふじん》が言《い》った。

三人《にん》はまた歩《ある》きだした。きらきらと光《ひか》る白銀《はくぎん》のなかをのぼってはおり、のぼってはおりしながら進《すす》んでいく。ローズ・リタは泣《な》きだした。頬《ほお》を流《なが》れる涙《なみだ》は冷《つめ》たかった。「もう二度《ど》とルイスには会《あ》えないんだ。そうでしょ？　そうなのよ」ローズ・リタはしゃくりあげた。「二度《にど》と会《あ》えないのよ！」

ツィマーマン夫人《ふじん》は答《こた》えなかった。ジョナサンもなにも言《い》おうとしない。ひたすら重《おも》い足《あし》を引《ひ》きずって歩《ある》きつづけるだけだった。

何時間《なんじかん》も歩《ある》いたように思《おも》えたとき、ジョナサンが立《た》ちどまって、左《ひだり》のわきばらを押《お》さえた。

「もうだめだ……歩《ある》けん……これ以上《いじょう》……痛《いた》い……」ジョナサンはあえいだ。「だめだな……あんなに食《く》ってちゃ……」

ローズ・リタはツィマーマン夫人《ふじん》を見《み》た。今《いま》にも倒《たお》れそうだ。ツィマーマン夫人《ふじん》は両手《りょうて》でおおった顔《かお》をそむけた。ローズ・リタにはツィマーマン夫人《ふじん》が泣《な》いているのがわかった。

「これで終《お》わりよ」ローズ・リタは思《おも》った。「これですべて終《お》わり」ところがそのとき、遠《とお》くのほうから音《おと》が聞《き》こえた。エンジンのうなるような音《おと》、ガリガリと削《けず》って押《お》しつぶす音《おと》。ローズ・リタはふりむいて、今《いま》きた道路《どうろ》のほうを眺《なが》めた。遠《とお》くのほうで黄色《きいろ》い光《ひかり》がちらちらしている。除雪車《じょせつしゃ》だった。

ローズ・リタは自分《じぶん》の目《め》が信《しん》じられなかった。へとへとに疲《つか》れていたけれど、ぴょんぴょん飛《と》びはねて歓声《かんせい》をあげた。ツィマーマン夫人《ふじん》は顔《かお》から手《て》を下《お》ろすと、立《た》ったままじっと車《くるま》を見《み》つめた。ジョナサンは帽子《ぼうし》を拾《ひろ》いあげ、雪《ゆき》をはたくと、クシャクシャのまま頭《あたま》のうえにのせた。そして鼻《はな》をかむと、何度《なんど》も目《め》をこすった。「そうさ、もうきてもいいころさ！」ジョナサンはしゃがれ声《ごえ》で言《い》った。

除雪車《じょせつしゃ》はどんどん近《ちか》づいてきた。ローズ・リタはこんなに美《うつく》しいものを見《み》たのは生《う》まれてはじめてだと思《おも》った。ピカピカ光《ひか》るライトとすばらしい音《おと》の共演《きょうえん》だ。大《おお》きな半円形《はんえんけい》のブレードから火花《ひばな》が飛《と》び散《ち》り、モーターがウィーンと鳴《な》る音《おと》が低《ひく》く響《ひび》く。大《おお》きな黄色《きいろ》い車体《しゃたい》のドアには〝カファーナウム郡公共事業団《ぐんこうきょうじぎょうだん》〟と書《か》いてあった。

ジョナサンは懐中電灯《かいちゅうでんとう》をつけて、大声《おおごえ》で叫《さけ》んで手《て》をふった。ギギィーと耳障《みみざわ》りな音《おと》をたてて、トラックは三人《にん》の放浪者《ほうろうしゃ》のすぐ手前《てまえ》で止《と》まった。ブレードについた雪《ゆき》がはねかかったけれど、三人《にん》は気《き》にもとめなかった。

運転席《うんてんせき》の窓《まど》がするすると開《ひら》いた。「おい、道路《どうろ》のまんなかに車《くるま》を置《お》きっぱなしにしたのはあんたたちかい？」

「ああ、そうだ。おい、おまえさんか？　ジュート・フィーセルじゃないか？」ジョナサンは大声《おおごえ》でどなった。「こんなに会《あ》えてうれしかったことはないよ！　乗《の》せてくれるかい？」

「どこへ？」

「ホーマー道路《どうろ》をあがったモス農場《のうじょう》のところまでだ」

「あんなクソ遠《とお》いところへなにをしにいくんだい？」

「言葉《ことば》に気《き》をつけなさい、ジュート」ツィマーマン夫人《ふじん》が呼《よ》びかけた。「若《わか》いお嬢《じょう》さんがいっしょなんですから」ローズ・リタはクスクス笑《わら》った。ジュート・フィーセルといえば、ニュー・ゼベダイ一《いち》の口《くち》の悪《わる》さで有名《ゆうめい》だったからだ。

ジュートは三人《にん》を望《のぞ》みのところまで乗《の》せていくことを承知《しょうち》した。ジュートはわけがわからねえ、と言《い》ったけれど、ジョナサンがべつにわかる必要《ひつよう》はないと言《い》い、それで落《お》ちついた。トラックの運転席《うんてんせき》は四人《にん》乗《の》るにはちょっときつかったけれど、なんとかぎゅうぎゅうづめになって全員《ぜんいん》乗《の》りこんだ。ツィマーマン夫人《ふじん》がまんなかにすわり、ローズ・リタはジョナサンのひざのうえにすわった。運転席《うんてんせき》はひどく暑《あつ》くて、おまけにジュートがすっているキング・エドワードのタバコのにおいがこもっていたけれど、ともかく四人《にん》は出発《しゅっぱつ》した。

トラックは両《りょう》わきに雪《ゆき》を吹《ふ》き飛《と》ばしながら、丘《おか》をいくつも越《こ》え、くねくねとカーブを曲《ま》がって進《すす》んだ。ジョナサンは景気《けいき》づけに《ドリルで穴《あな》をあけろ》を歌《うた》った。ジュートはちっちゃな池《いけ》にいる三匹《びき》の魚《さかな》の歌《うた》を歌《うた》った。これしか子《こ》どもに聞《き》かせても問題《もんだい》のない歌《うた》を知《し》らなかったのだ。道路《どうろ》の両《りょう》わきの暗《くら》やみから、雪《ゆき》をかぶった木《き》がじっと四人《にん》を見《み》つめていた。

とうとうトラックが止《と》まった。どこともわからない、なにもない場所《ばしょ》だった。鉄条網《てつじょうもう》と木《き》が何本《なんぼん》か、それから雪《ゆき》と月明《つきあ》かりが見《み》えるだけだ。それでぜんぶだった。

「さあて着《つ》いたぞ！」ジュートが言《い》った。「こんなクソ……こんなへんなところでなにをするつもりか知《し》らないが、古《ふる》い友《とも》だちだ。役《やく》に立《た》ててうれしいよ。だれかを迎《むか》えによこしてほしいかい？」

「たのむよ」ジョナサンは言《い》った。「これは動《うご》くかい？」そう言《い》ってジョナサンはダッシュボードに置《お》いてあるラジオを指《ゆび》さした。送話器《そうわき》がついている。

「もちろんさ」

「そうか、ならオークローン病院《びょういん》を呼《よ》びだして至急《しきゅう》、救急車《きゅうきゅうしゃ》をよこしてくれるように言《い》ってくれ。いいや、だめだ。説明《せつめい》はできん。ありがとう、ジュート。またな」ジョナサンはドアを開《あ》けて、トラックから飛《と》び降《お》りた。ツィマーマン夫人《ふじん》とローズ・リタもあとに続《つづ》いた。トラックの前《まえ》を回《まわ》ったとき、ローズ・リタはジュートの顔《かお》を見《み》あげた。ダッシュボードの緑色《みどりいろ》の光《ひかり》に照《て》らされた顔《かお》には、キツネにつままれたような表情《ひょうじょう》が浮《う》かんでいた。

ジュートは送話器《そうわき》をとり、場所《ばしょ》の説明《せつめい》をはじめた。

「おい！　これを見《み》ろ」ジョナサンが興奮《こうふん》して懐中電灯《かいちゅうでんとう》をふりまわした。

ツイマーマン夫人《ふじん》とローズ・リタはジョナサンを追《お》いかけて、道路《どうろ》のはしっこへいった。雪《ゆき》のうえにくぼみがある。足《あし》あとだ。

「やった！　ルイスのだと思《おも》う？」ローズ・リタはきいた。この数時間《すうじかん》ではじめて、希望《きぼう》がわいてきた。

「わからん」ジョナサンは懐中電灯《かいちゅうでんとう》で暗《くら》い穴《あな》を照《て》らしながら言《い》った。「半分《はんぶん》ほど雪《ゆき》で埋《う》もれちまってるが、ルイスの足《あし》くらいの大《おお》きさに見《み》える。いくぞ。どこへ続《つづ》いているか見《み》てみよう」

ジョナサンを先頭《せんとう》に、三人《にん》は道路《どうろ》のわきを歩《ある》いていった。すると足《あし》あとは柵《さく》のほうへ向《む》きを変《か》えた。男《おとこ》の人《ひと》の胸《むね》くらいの高《たか》さの鉄条網《てつじょうもう》だ。デカルブ社《しゃ》のトウモロコシの広告《こうこく》がのった黄色《きいろ》いブリキの看板《かんばん》がてっぺんにぶらさがっている。凍《こお》るように冷《つめ》たい風《かぜ》が看板《かんばん》をカランカランと鳴《な》らしていた。突然《とつぜん》ジョナサンが大声《おおごえ》をあげて、よろめくように前《まえ》へ出《で》た。そして看板《かんばん》を照《て》らした。「見《み》ろ！」

看板《かんばん》のはしになにかがくっついていた。風《かぜ》にはためいている。茶色《ちゃいろ》いコーデュロイの切《き》れ端《はし》だった。乾《かわ》いた血《ち》がこびりつき、看板《かんばん》にも血《ち》が点々《てんてん》と飛《と》び散《ち》っている。

「ルイスよ、まちがいありませんよ！」ツィマーマン夫人《ふじん》が言《い》った。「はじめて会《あ》ったときからコーデュロイのズボン以外《いがい》はいていたことはありませんからね。血《ち》だわ！　柵《さく》を乗《の》り越《こ》えるときに切《き》ったのね」

「いこう」ジョナサンが言《い》った。

三人《にん》は順番《じゅんばん》に柵《さく》を乗《の》り越《こ》えた。ツィマーマン夫人《ふじん》は最後《さいご》だったが、ケープをひっかけてしまった。が、ケープをびりっと引《ひ》きさくとすぐに歩《ある》きだした。雪《ゆき》の積《つ》もった畑《はたけ》のうえに足《あし》あとが点々《てんてん》と続《つづ》いていた。

第《だい》12章《しょう》　暗《くら》い影《かげ》

ジョナサンとローズ・リタとツィマーマン夫人《ふじん》はよろめきながら雪《ゆき》でおおわれた畑《はたけ》を歩《ある》いていった。行《ゆ》く手《て》に松林《まつばやし》が見《み》える。ジョナサンは先頭《せんとう》に立《た》って、懐中電灯《かいちゅうでんとう》で照《て》らしていたが、足《あし》あとは月《つき》の明《あ》かりだけでもはっきりと見《み》えた。なめらかな雪《ゆき》の層《そう》の下《した》の地面《じめん》はでこぼこしていて、しょっちゅう三人《にん》のうちのだれかがつまずいたり転《ころ》んだりした。けれどもそんなことをものともせず、三人《にん》はもくもくと進《すす》んだ。

薄暗《うすぐら》い木立《こだち》に近《ちか》づくにつれ、だれひとり口《くち》にしなかったが三人《にん》ともおなじことを考《かんが》えはじめた。あの林《はやし》はカーテンのようになにかを隠《かく》している。三人《にん》はうっそうと茂《しげ》った芳《かんば》しい香《かお》りの大枝《おおえだ》のなかへ分《わ》けいった。そして木立《こだち》の反対側《はんたいがわ》に出《で》たところで、立《た》ちどまった。

ジョナサンとローズ・リタとツィマーマン夫人《ふじん》は、自分《じぶん》たちが低《ひく》い丘《おか》のてっぺんに立《た》っていることに気《き》づいた。丘《おか》のふもとに、かなり広《ひろ》く雪《ゆき》をかきのけた場所《ばしょ》が見《み》える。むきだしの地面《じめん》のまんなかに大《おお》きな井戸《いど》があった。井戸《いど》の口《くち》は地面《じめん》とおなじ高《たか》さのところにあり、わきに重《おも》そうな石《いし》のおおいがどけてある。井戸《いど》のへりから数《すう》メートル離《はな》れたところにルイスが立《た》っていた。井戸《いど》の横《よこ》に暗《くら》い影《かげ》が立《た》って、ルイスに手《て》まねきしている。

ジョナサンとローズ・リタとツィマーマン夫人《ふじん》は恐怖《きょうふ》におののいてその光景《こうけい》を見《み》つめた。どうすることもできなかった。影《かげ》はまた手《て》まねきした。ルイスは体《からだ》をこわばらせ、動《うご》くまいとした。すると影《かげ》は手《て》をうえにあげ、空中《くうちゅう》に奇妙《きみょう》な印《しるし》を描《えが》いた。ルイスは足《あし》を引《ひ》きずりながら少《すこ》しずつ進《すす》み、井戸《いど》のすぐ手前《てまえ》まできた。

「止《と》まって!」ツィマーマン夫人《ふじん》が叫《さけ》んだ。その声《こえ》は丸天井《まるてんじょう》の下《した》で発《はっ》せられたように朗々《ろうろう》と響《ひび》きわたった。

ローズ・リタはふりかえってツィマーマン夫人《ふじん》を見《み》た。ツィマーマン夫人《ふじん》の姿《すがた》はすっかり変《か》わっていた。みすぼらしい紫《むらさき》のケープのひだにオレンジ色《いろ》の光《ひかり》があふれ、優《やさ》しいしわだらけの顔《かお》に青白《あおじろ》い光《ひかり》がチラチラ躍《おど》っている。手《て》に握《にぎ》られているのは、かさではなく、クリスタルの球《たま》のついた長《なが》い魔法《まほう》の杖《つえ》だった。球《たま》のなかで紫《むらさき》の星《ほし》が燃《も》えるように輝《かがや》き、まっかに焼《や》ける剣《けん》のように雪《ゆき》をえぐって、長《なが》い薄紫色《うすむらさきいろ》のあとをつけた。

「止《と》まれと言《い》ってるんです！」ツィマーマン夫人《ふじん》はもう一度《いちど》叫《さけ》んだ。

暗《くら》い影《かげ》は一瞬《いっしゅん》ためらい、ルイスは穴《あな》の手前《てまえ》でぴたりと止《と》まった。そして戦《たたか》いが始《はじ》まった。

あちこちで巨大《きょだい》なカメラのフラッシュが同時《どうじ》にたかれたようだった。まるで空《そら》だけでなく、まわりや地面《じめん》の下《した》やいたるところで雷《かみなり》が鳴《な》ったみたいだ。ローズ・リタは雪《ゆき》にひざをついて顔《かお》をおおった。次《つぎ》に顔《かお》をあげたときは、世界《せかい》は灰色《はいいろ》の月光《げっこう》に包《つつ》まれていた。ルイスは、雪《ゆき》がかきのけられた大《おお》きな円《えん》のふちまでもどっていた。しかし、影《かげ》はまだ井戸《いど》の横《よこ》にいる。ツィマーマン夫人《ふじん》が雪《ゆき》のなかに崩《くず》れおちるように倒《たお》れた。その横《よこ》にゆがんだ古《ふる》いかさの残骸《ざんがい》が転《ころ》がった。クリスタルの持《も》ち手《て》がまるでかなづちで叩《たた》かれたように粉々《こなごな》にくだけている。ツィマーマン夫人《ふじん》は負《ま》けたのだ。

ローズ・リタはさっと跳《は》ねおきた。ツィマーマン夫人《ふじん》を助《たす》けたかった。ルイスを助《たす》けたかった。なにもかもいっぺんにやって、みんなを救《すく》いたかった。でもじっさいは、なにひとつできなかった。ジョナサンがツィマーマン夫人《ふじん》のうえにかがみこんでいる。助《たす》けおこそうとしているようだ。ローズ・リタはぱっとうしろを向《む》いて、丘《おか》のふもとを見《み》おろした。ルイスはまた足《あし》を引《ひ》きずるように井戸《いど》のほうへ歩《ある》きだしていた。暗《くら》い影《かげ》はふしぎなリズムで腕《うで》をゆらゆらとゆらし、ルイスに手《て》まねきしている。そのとき、ツィマーマン夫人《ふじん》の声《こえ》がした。長《なが》いあいだ病気《びょうき》でふせっていたひとのような弱々《よわよわ》しいかすれた声《こえ》だった。

「ローズ・リタ！　こっちへきて！　早《はや》くきてちょうだい！」

ローズ・リタは雪《ゆき》のなかをもがくように進《すす》んで、ツィマーマン夫人《ふじん》のそばへいった。

「手《て》を出《だ》して！」ツィマーマン夫人《ふじん》は命令《めいれい》した。

ローズ・リタは手《て》を差《さ》しだした。ツィマーマン夫人《ふじん》はポケットのなかに手《て》を入《い》れると、燐光《りんこう》を発《はっ》しているチョークのように見《み》える物《もの》をひっぱりだした。ローズ・リタが受《う》けとると、それはつららのように手《て》を焼《や》いた。

「これを持《も》ってルイスのところへいきなさい！　これが残《のこ》された唯一《ゆいいつ》のチャンスよ。さあ、早《はや》く。手遅《ておく》れになるまえに！」

ローズ・リタはツィマーマン夫人《ふじん》がくれた物《もの》を握《にぎ》りしめると、丘《おか》をくだりはじめた。大《たい》変《へん》だろうと思《おも》っていたけれど、ふしぎなことに、まるで雪《ゆき》が道《みち》をあけてくれるようだった。気《き》がつくと、ローズ・リタは雪《ゆき》のないふしぎな円《えん》のなかに立《た》っていた。影《かげ》はまだルイスに手《て》まねきをしている。ローズ・リタには気《き》づいていない。

ローズ・リタは、ルイスを殺《ころ》そうとしているおそろしいものに対《たい》する怒《いか》りでいっぱいになった。今《いま》すぐ飛《と》びかかって、ずたずたに引《ひ》きさいてやりたい。それがローズ・リタの役《やく》目《め》なのだろうか？　ツィマーマン夫人《ふじん》がくれたもので、あの影《かげ》の息《いき》の根《ね》を止《と》めることが？　それともまずルイスのところへいくべきだろうか？

　ゆっくり考《かんが》えている余裕《よゆう》はなかった。ルイスの足《あし》が井戸《いど》のふちにかかった。ちょっと押《お》すだけで、まっさかさまに暗《くら》やみのなかへ落《お》ちてしまうだろう。鋭《するど》い叫《さけ》び声《ごえ》をあげてローズ・リタは走《はし》りだした。「ルイスからはなれて！　はなれてよ！　ルイスに手《て》を出《だ》すんじゃない！　汚《けが》らわしい怪物《かいぶつ》！」

　影《かげ》はローズ・リタのほうを向《む》いた。すると影《かげ》の姿《すがた》が変《か》わった。頭《あたま》からすっぽりと全身《ぜんしん》をおおっていたフードがとれ、ぼろぼろのひょろ長《なが》い影《かげ》が浮《う》きあがった。縮《ちぢ》んで黒《くろ》ずんだ死《し》体《たい》に目《め》だけが光《ひか》っている。影《かげ》は飢《う》えた両腕《りょううで》をすっと伸《の》ばし、じりじりとローズ・リタに近《ちか》づいてきた。影《かげ》はしゃべっていた。声《こえ》は聞《き》こえないのに、言葉《ことば》が脳《のう》に飛《と》びこんできたのだ。おまえをつかまえて、もろとも暗《くら》く冷《つめ》たい井戸《いど》の底《そこ》へ飛《と》びこんでやる……永遠《えいえん》にそこでそのまま、二人《ふたり》きりで……

ローズ・リタは、考《かんが》えたら最後《さいご》、気《き》を失《うしな》うか死《し》んでしまうのがわかっていた。歯《は》を食《く》いしばり、このあいだラジオで聞《き》いた意味《いみ》のないコマーシャルの宣伝文句《せんでんもんく》をくりかえしながら、影《かげ》に突進《とっしん》した。「やっぱりワイルドルート印《じるし》のヘアクリームだぜ、チャーリー。やっぱりワイルドルート印《じるし》のヘアクリームだぜ、チャーリー。やっぱり……」おそろしい影《かげ》がローズ・リタに襲《おそ》いかかった。一瞬《いっしゅん》、闇《やみ》とぬれた灰《はい》の息苦《いきぐる》しいにおいがローズ・リタを包《つつ》みこむ。その闇《やみ》をつきぬけると、ルイスがいた。

ルイスはまさに井戸《いど》のへりにいた。まるで水《みず》に入《はい》るまえに温度《おんど》をたしかめようとするように、なにもないところへすっと片足《かたあし》を出《だ》した。ローズ・リタは思《おも》いきりルイスを突《つ》きとばした。そしてルイスの首《くび》に手《て》を回《まわ》し、鎖《くさり》をつかもうとまさぐった。ルイスは抵抗《ていこう》しなかった。まるで麻酔《ますい》をかけられたひとのようだ。それでも、鎖《くさり》をとるのは難《むずか》しかった。ツィマーマン夫人《ふじん》がくれた冷《つめ》たい光《ひかり》を発《はっ》している物《もの》をしっかり持《も》っていなければならなかったからだ。これを離《はな》したらどんなことになるか、ローズ・リタにはわかりすぎるほどわかっていた。

ローズ・リタは思《おも》いきりひっぱって、鎖《くさり》をルイスの首《くび》からひきぬいた。そして小《ちい》さくまるめて握《にぎ》りしめた。井戸《いど》のほうをふりかえると、影《かげ》がまた闇《やみ》に包《つつ》まれて立《た》っているのが見《み》えた。影《かげ》はじっとこちらを見《み》つめていた。

ローズ・リタは急《きゅう》に冷静《れいせい》になった。冷静《れいせい》になり、そして勝《か》ちほこった。

「ほうら、見《み》える？」ローズ・リタはお守《まも》りをふってみせた。「よく見《み》てなさいよ！」そして、鎖《くさり》ごとお守《まも》りを井戸《いど》のなかへほうりこんだ。

お守《まも》りは落《お》ちていった。長《なが》い一秒《びょう》だった。そしてはるか奥底《おくそこ》から小《ちい》さな音《おと》が響《ひび》いてきた。チャポン。そのとたん、フードをかぶった暗《くら》い影《かげ》がすっと消《き》えた。影《かげ》はひと筋《すじ》の黒《くろ》い煙《けむり》になり、その煙《けむり》も風《かぜ》に吹《ふ》き飛《と》ばされた。そのあとにはなにひとつ、地面《じめん》のうえのかすかなしみすら残《のこ》されていなかった。

ローズ・リタは井戸《いど》の底《そこ》をじっと見《み》おろした。魂《たましい》を奪《うば》われたようだった。その瞬間《しゅんかん》、井戸《いど》は世界《せかい》で唯一《ゆいいつ》の物《もの》に思《おも》えた。ローズ・リタを飲《の》みこもうとする巨大《きょだい》な黒《くろ》い渦《うず》。無《む》から無《む》をのぞきこむぽっかりとあいた眼窩《がんか》。ローズ・リタはぞっとして、痙攣《けいれん》したように震《ふる》えた。頭《あたま》の先《さき》からつま先《さき》まで震《ふる》えが走《はし》る。が、震《ふる》えが止《と》まると、頭《あたま》がはっきりした。ローズ・リタは井戸《いど》のへりからうしろへ下《さ》がると、ルイスを助《たす》けようとふりむいた。

ルイスは地面《じめん》のうえにすわったまま泣《な》いていた。風《かぜ》と雪《ゆき》と寒《さむ》さで顔《かお》がまっかになっている。てぶくろも帽子《ぼうし》もなく、ズボンの足《あし》のところが大《おお》きく裂《さ》けていた。ルイスの口《くち》から最《さい》初《しょ》に出《で》た言葉《ことば》は、「ローズ・リタ、ハンカチ持《も》ってる？　ぼく鼻《はな》をかまなきゃ」だった。うれしさのあまりぽろぽろと涙《なみだ》をながしながら、ローズ・リタはルイスに抱《だ》きついて、ぎゅっと抱《だ》きしめた。

ジョナサンとツィマーマン夫人《ふじん》もやってきた。二人《ふたり》ともやはり泣《な》いていた。ようやくツィマーマン夫人《ふじん》は気《き》をとりなおし、ルイスの横《よこ》にひざをついて、医者《いしゃ》のようにルイスの体《からだ》を調《しら》べはじめた。目《め》をじっと見《み》て、耳《みみ》のなかを調《しら》べ、のどの奥《おく》をのぞきこむ。それから、舌《した》を出《だ》して「あー」と言《い》わせた。ジョナサンとローズ・リタはツィマーマン夫人《ふじん》の診断《しんだん》がくだるのを緊張《きんちょう》しながら不安《ふあん》げに見守《みまも》った。とうとうツィマーマン夫人《ふじん》は立《た》ちあがった。ケープから雪《ゆき》を払《はら》い落《お》とし、スカートのしわを伸《の》ばした。「悪《わる》いところは……」ツィマーマン夫人《ふじん》は鼻《はな》を鳴《な》らした。

「寒《さむ》いなかずっと外《そと》に出《で》ていたことだけです。疲《つか》れきっているし、風邪《かぜ》もひいているようね。ローズ・リタ、さっきわたした物《もの》を返《かえ》してくれる？」

ローズ・リタは、はっと自分《じぶん》を救《すく》ってくれた物《もの》のことを思《おも》いだした。それはまだ手《て》のなかにあったが、もう光《ひか》ってもいないし冷《つめ》たくもなかった。手《て》を開《ひら》くと、二インチくらいのガラス管《かん》が現《あらわ》れた。管《くだ》のなかには穴《あな》の開《あ》いた金属《きんぞく》の筒《つつ》があり、さらにそのなかに薄紫《うすむらさき》のクリスタルが数個《すうこ》入《はい》っていた。管《くだ》には、きらきら光《ひか》る金色《きんいろ》のふたがしてある。ふたのうえには、こう刻《きざ》んであった。

ピアレス・吸入器《きゅうにゅうき》・アメリカ合衆国特許庁《がっしゅうこくとっきょちょう》

ローズ・リタはツィマーマン夫人《ふじん》のほうを見《み》た。笑《わら》ったらいいのか泣《な》いたらいいのかわからなかった。「これだけだったの？　これって、頭《あたま》が重《おも》いときに鼻《はな》にさしこむ、あれ？」

「ええ、そのとおり」ツィマーマン夫人《ふじん》はじれったそうに答《こた》えた。「さあ、返《かえ》してちょうだい。ありがとう」そして吸入器《きゅうにゅうき》を持《も》ったまま、ルイスの体《からだ》をあちこち調《しら》べながら付《つ》けくわえた。「これも魔法《まほう》の道具《どうぐ》なんですよ。わたしがはじめて作《つく》ったね。ほんの一分前《ぷんまえ》まで、完全《かんぜん》な失敗作《しっぱいさく》だと思《おも》ってましたけどね。これは子《こ》どもの手《て》に渡《わた》ってはじめて威力《いりょく》を発揮《はっき》するように作《つく》られているんです。これを持《も》った子《こ》どもを、邪悪《じゃあく》なものから守《まも》るために。それに、ある種《しゅ》の癒《いや》しの力《ちから》を持《も》っているはずなんです。そう、これを作《つく》ったあと、わたしはマスキーゴンに住《す》んでいる姪《めい》に貸《か》してやったのよ。ずっと彼女《かのじょ》のところにあったんです。でももう大人《おとな》になって、数《すう》カ月《げつ》ほどまえに送《おく》りかえしてきたんですよ。なかに入《はい》ってた手紙《てがみ》には、頭痛《ずつう》にとてもよく効《き》いたって書《か》いてありましたけどね、姪《めい》は魔法《まほう》がかかっているとは思《おも》わなかったみたいね。それで、わたしはばかばかしい道具《どうぐ》をケープのポケットにしまってすっかり忘《わす》れちまってたんですよ、ついさっきまで」ツィマーマン夫人《ふじん》はまじめな顔《かお》でふっと笑《わら》った。「きっとうちの姪《めい》はつまらない毎日《まいにち》を送《おく》ってたんでしょうね。井戸《いど》の暗《くら》い影《かげ》なんてものにお目《め》にかかることはなかったんでしょうよ」

ツィマーマン夫人《ふじん》は立《た》ちあがって、ケープの雪《ゆき》を払《はら》った。ローズ・リタはルイスを見《み》おろして、ばんざい！　と叫《さけ》びそうになった。ルイスはぼうっとしていたけれど、どこもけがなどはしていなかった。するとツィマーマン夫人《ふじん》がローズ・リタのほうを向《む》いて、ガラス管《かん》を手渡《てわた》した。「さあ。とっときなさい。これはあなたのものですよ。ずっとね」

ローズ・リタの目《め》に涙《なみだ》がわきあがってきた。「ありがとう。二度《にど》と、今夜《こんや》みたいなことで使《つか》わずにすみますように」

「ほんとうに」ツィマーマン夫人《ふじん》が言《い》った。

「そのとおりだ」ジョナサンもそう言《い》って、ルイスを立《た》たせてやった。

そのあとジョナサンは井戸《いど》のふたをもどそうとしたけれど、できなかった。四人《にん》は道路《どうろ》のほうへ歩《ある》きはじめた。道路《どうろ》に出《で》ると、救急車《きゅうきゅうしゃ》がエンジンをかけたまま止《と》まっていた。そしてジュート・フィーセルが、ジョナサンの車《くるま》の横《よこ》に立《た》っていた。

「やあ、おそろいで！」ジュートは大声《おおごえ》で叫《さけ》んだ。「きっとこいつがいるだろうと思《おも》ったんだ。この車《くるま》があったところにおれのトラックを置《お》いてきたから、そこで下《お》ろしてくれればありがたいんだがね」

「そうしよう」ジョナサンは肩《かた》ごしに叫《さけ》んだ。ジョナサンは救急車《きゅうきゅうしゃ》の運転手《うんてんしゅ》と話《はな》していた。長《なが》いあいだ寒《さむ》さにさらされて参《まい》ってるから、ルイスを一晩病院《ひとばんびょういん》に泊《と》めてやってくれと頼《たの》んだのだ。それが終《お》わると、今度《こんど》はツィマーマン夫人《ふじん》とさんざん話《はな》しあって、ツィマーマン夫人《ふじん》はルイスといっしょに救急車《きゅうきゅうしゃ》に乗《の》り、あとの三人《にん》はジョナサンの車《くるま》で帰《かえ》ることに決《き》めた。

ニュー・ゼベダイへ向《む》かう車《くるま》のなかでは、だれも口《くち》をきかなかった。ジョナサンが運転《うんてん》し、となりにジュートがすわって、ローズ・リタは一人《ひとり》うしろの座席《ざせき》にすわった。町《まち》の境《きょう》界線《かいせん》の標識《ひょうしき》をすぎると、ジュートが口《くち》を開《ひら》いた。「せんさくするつもりはねえんだが、いったいあの子《こ》はクソ……チクショウ、おれがきたねえ言葉《ことば》を使《つか》ったって平気《へいき》だな、ローズ・リタ？……あのクソ牧場《ぼくじょう》でこんな真夜中《まよなか》になにやってたんだ？」

ジョナサンは説明《せつめい》しはじめたが、アーとかウーとかばかり言《い》っているので、ローズ・リタがわって入《はい》った。「つまりひと言《こと》で言《い》えばこうなんです、フィーセルさん。なにがあったかっていうと、ルイスが境界線《きょうかいせん》のそばを歩《ある》いていたら、車《くるま》に乗《の》った見《み》たこともない男《おとこ》のひとがきて、ホーマーまで雪《ゆき》を見《み》に乗《の》っけていってやろうか、って言《い》ったんです。ほら、ルイスって時々《ときどき》ばかなことをやるから、ありがとうって言《い》って車《くるま》に乗《の》っちゃったんです。そしたら半分《はんぶん》くらいいったところで、その男《おとこ》が新聞《しんぶん》に出《で》てくるような悪《わる》いひとだってことがわかったものだから、車《くるま》から飛《と》びおりて林《はやし》に隠《かく》れたんです。そこでわたしたちが見《み》つけたってわけ」

ジュートはふうっとタバコをふかして、うなずいた。「ルイスはその男《おとこ》の顔《かお》をよく見《み》たのかい?」

「いいえ。暗《くら》かったし、車《くるま》のナンバーも見《み》なかったって。最悪《さいあく》。きっとつかまらないでしょうね」

「ああ」ジュートはまただまりこんだ。ジュートは、どうしてジョナサンたちにルイスの居場所《いばしょ》がわかったのかふしぎに思《おも》った。松林《まつばやし》のなかには電話《でんわ》なんてない。でもジュートは、ジョナサンが魔法使《まほうつか》いだと聞《き》いたことがあった。きっと魔法使《まほうつか》いには家族《かぞく》の人間《にんげん》と連絡《れんらく》をとる方法《ほうほう》があるんだろう。脳波《のうは》とか、そんなもので。とにかくジュートはそれ以上質問《いじょうしつもん》しなかった。家《いえ》に着《つ》くまで、ローズ・リタはずっと満足《まんぞく》げにほほえんでいた。

第《だい》13章《しょう》　クリスマスパーティ

次《つぎ》の朝《あさ》ルイスは、光《ひかり》が満《み》ちみちたまっしろい部屋《へや》で目《め》を覚《さ》ました。ニュー・ゼベダイ病《びょう》院《いん》は、むかしお金持《かねも》ちの老婦人《ろうふじん》が住《す》んでいた大邸宅《だいていたく》の一画《いっかく》にあった。ルイスの病室《びょうしつ》は屋根《やね》裏《うら》だった。天井《てんじょう》がななめになっていて、ベッドの足《あし》もとあたりは床《ゆか》につきそうだ。ひじのあたりに白《しろ》いしっくいのトンネルのような穴《あな》があって、カーテンのかかった屋根窓《やねまど》に続《つづ》いている。外《そと》につららが下《さ》がっていたが、部屋《へや》のなかは温《あたた》かかった。

細長《ほそなが》い部屋《へや》にはほかにも患者《かんじゃ》さんがいて、午前中《ごぜんちゅう》ずっと看護婦《かんごふ》さんたちがいったりきたりしていた。昼近《ひるちか》くに、ハンフリーズ先生《せんせい》がルイスの診察《しんさつ》にきた。ハンフリーズ先生《せんせい》はバーナヴェルト家《け》のかかりつけのお医者《いしゃ》さまで、ルイスは先生《せんせい》のことが大好《だいす》きだった。コントラバスのような声《こえ》をしていて、ジョークを飛《と》ばして患者《かんじゃ》さんを安心《あんしん》させた。いつも黒《くろ》い革《かわ》のカバンを持《も》ちあるいていて、なかに詰《つ》まった四角《しかく》い薬《くすり》びんをガチャガチャいわせている。ハンフリーズ先生《せんせい》はルイスの口《くち》に木《き》の棒《ぼう》を入《い》れると、光《ひかり》をあててのどの奥《おく》を見《み》た。次《つぎ》に耳《みみ》と目《め》をのぞきこむ。それからぽんとルイスの肩《かた》を叩《たた》くと、パチンとカバンを閉《し》め、何日《なんにち》か家《いえ》でゆっくりすればだいじょうぶだろう、と言《い》ってルイスと握手《あくしゅ》すると、病室《びょうしつ》を出《で》ていった。

それからすぐにジョナサンが迎《むか》えにきて、二人《ふたり》は家《いえ》へもどった。ツィマーマン夫人《ふじん》はルイスにベッドから出《で》ないように言《い》いふくめた。その日《ひ》の夕方《ゆうがた》、ルイスに夕食《ゆうしょく》を持《も》ってきたツィマーマン夫人《ふじん》は、びっくりすることがあるんですよ、と言《い》った。ツィマーマン夫人《ふじん》とジョナサンとローズ・リタは、ルイスのために一足早《ひとあしはや》いクリスマスパーティを開《ひら》くことにしたのだ。スリッパとバスローブで好《す》きなときに書斎《しょさい》までおりてらっしゃい、とツィマーマン夫人《ふじん》は言《い》った。

最初《さいしょ》、ルイスはおそろしくなった。ルイスは新聞《しんぶん》で不治《ふじ》の病《やまい》にかかった子《こ》どもの写真《しゃしん》を見《み》たことがあった。そういう子《こ》どもはいつも、一足早《ひとあしはや》くクリスマスパーティをしてもらっていた。けれども、ツィマーマン夫人《ふじん》が何度《なんど》も、ルイスは死《し》にかけているわけではないと説明《せつめい》したので、ようやく気《き》をとりなおした。それどころか、パーティが始《はじ》まるのが待《ま》ちどおしくてしょうがなくなった。

ルイスはクリスマスツリーの横《よこ》にすわっていた。ウッディにとられた帽子《ぼうし》のかわりにジョナサンが買《か》ってくれた、赤《あか》い格子縞《こうしじま》のシャーロック・ホームズの帽子《ぼうし》をほれぼれと眺《なが》めながら。片手《かたて》にジョナサン特製《とくせい》のクリスマスパンチのグラス、もう片方《かたほう》の手《て》にはチョコレートチップ・クッキー。今回《こんかい》は、目《め》を細《ほそ》めてクリスマスツリーのライトを星《ほし》にする必要《ひつよう》はなかった。うれし涙《なみだ》で目《め》が曇《くも》っていたから。

ローズ・リタは、ルイスのすわっているひじかけ椅子《いす》の下《した》にあぐらをかいてすわっていた。やはりルイスがプレゼントにもらった電子《でんし》ピンボールマシーンで遊《あそ》んでいる。「ツィマーマン夫人《ふじん》？」ローズ・リタは呼《よ》んだ。

「なに、ローズ・リタ？　なんですか？」ツィマーマン夫人《ふじん》は図書室《としょしつ》の机《つくえ》で、自分《じぶん》のパンチにベネディクティーヌ（甘口《あまくち》の薬草《やくそう》リキュール）を足《た》していた。毎年《まいとし》、ツィマーマン夫人《ふじん》はジョナサンにベネディクティーヌが足《た》りないと文句《もんく》を言《い》い、毎年《まいとし》、自分《じぶん》の好《この》みに作《つく》りなおしていた。「なんです？　言《い》ってごらんなさいな」

「いつになったら、あのときどうしてどこへいけばいいかわかったのか教《おし》えてくれるの？どうしてルイスの居場所《いばしょ》がわかったの？」

ツィマーマン夫人《ふじん》はふりむいてにこりと笑《わら》った。そして人差《ひとさ》し指《ゆび》をパンチに入《い》れてかきまぜると、口《くち》に入《い》れた。「うーん、おいしい！　どうしてわかったかですって？　なるほど、いい質問《しつもん》ですよ。ルイスと魔法《まほう》のコインのことで、あなたが話《はな》してくれたことをよく考《かんが》えてみたんですよ。なかにひとつ、ピンとくることがあったんです。ほんのささいなことで、あなたはきっと大切《たいせつ》だと思《おも》ってなかったでしょうけどね」

「どんなこと？」ルイスがきいた。

「霊《れい》のにおいですよ。ローズ・リタは、ルイスが霊《れい》はぬれた灰《はい》のにおいがしたって言《い》ってたって教《おし》えてくれたんです。まるで消《け》したばかりのたき火《び》のようなにおいがしたって。それを、わたしが知《し》っている事実《じじつ》と結《むす》びつけたんですよ」ツィマーマン夫人《ふじん》は指《ゆび》をつきたてた。「まずひとつ。一八五九年《ねん》四月《がつ》三十日《にち》、エリパズ・モスという農夫《のうふ》がホーマー道路《どうろ》近《ちか》くの農家《のうか》で焼死《しょうし》したんです。わたしのおじいさんは近《ちか》くに農場《のうじょう》を持《も》っていて、火事《かじ》を消《け》すためのバケツリレーに参加《さんか》したんですよ。子《こ》どものころ、おじいさんが、農家《のうか》からエリパズが飛《と》びだしてきたのを見《み》てどんなにこわい思《おも》いをしたか話《はな》してくれたのを覚《おぼ》えてるわ。全身炎《ぜんしんほのお》に包《つつ》まれて、身《み》の毛《け》もよだつような悲鳴《ひめい》をあげて（っておじいさんは言《い》ってたんですよ）エリパズは飛《と》びこんだんです……」

「井戸《いど》に？」ルイスは言《い》った。顔《かお》がまっさおだった。

「井戸《いど》に」ツィマーマン夫人《ふじん》はまじめな顔《かお》でうなずきながら言《い》った。「井戸《いど》で火《ひ》は消《き》えたけど、かわいそうなエリパズは溺《おぼ》れ死《し》んでしまった。深《ふか》い井戸《いど》だったから、死体《したい》はあがらなかったんですよ。火事《かじ》のあと、だれかがみかげ石《いし》の巨大《きょだい》なふたを作《つく》って、それがエリパズの墓石《はかいし》になったんです。ちなみに、おじさんは今《いま》それで出《で》かけてるんですよ。ジュートを手《て》つだって、ふたを井戸《いど》にもどしにいったんです」

玄関《げんかん》のドアがバタンと閉《し》まった。ジョナサンだった。図書室《としょしつ》に入《はい》ってきたときは、寒《さむ》さでまっかな顔《かお》をして、表情《ひょうじょう》も暗《くら》かった。けれどもパンチをつぐとたちまち元気《げんき》をとりもどし、ツィマーマン夫人《ふじん》は話《はなし》を続《つづ》けた。

「もちろん、これは話《はなし》のほんの一部《いちぶ》ですよ」ツィマーマン夫人《ふじん》はそう言《い》って、自分《じぶん》にももう一杯《ぱい》パンチをついだ。「このあとは、ウォルター・フィンザーが関係《かんけい》してくるんです。

バーナヴェルトのおじいさんが三セント硬貨《こうか》を勝《か》ちとった相手《あいて》ですよ。彼《かれ》は、エリパズ・モスの雇《やと》い人《にん》だったんです。みんな、彼《かれ》こそ火《ひ》をつけてエリパズじいさんを殺《ころ》した張本人《ちょうほんにん》だと固《かた》く信《しん》じていたんですよ」

「どうして？」ローズ・リタがきいた。

「ウォルターってやつは、汚《きたな》くて、腹黒《はらぐろ》くって、残酷《ざんこく》で、怠《なま》け者《もの》だったからさ！」ジョナサンがうなった。「おじいさんが幸運《こううん》のお守《まも》りを勝《か》ちとったとき、やつがなにをやったか考《かん》えればわかるだろう」

「ツィマーマン夫人《ふじん》もウォルター・フィンザーが火《ひ》をつけたんだと思《おも》う？」今度《こんど》きいたのはルイスだった。

「ええ」ツィマーマン夫人《ふじん》はうなずいた。「まえはちがうと思《おも》ってましたけどね、今《いま》ではそうだと思《おも》いますよ。こんな小《ちい》さな証拠《しょうこ》をつなぎあわせるのは難《むずか》しいけれど、ウォルターはエリパズの気《き》を失《うしな》わせて家《いえ》に火《ひ》をつけたんでしょうね。エリパズが気《き》がついたときには、家《いえ》は炎《ほのお》に包《つつ》まれていた。自分自身《じぶんじしん》も」

「どうしてウォルターはエリ……なんとかを、殺《ころ》したかったの？」ローズ・リタはきいた。

「エリパズが仕返《しかえ》ししないように。きっとウォルターはエリパズが魔法《まほう》の儀式《ぎしき》を行《おこ》なっているところを偶然《ぐうぜん》見《み》てしまったんでしょうね。火事《かじ》の日《ひ》はなんの日《ひ》だったか覚《おぼ》えてる？　あなたはだ一八五九年《ねん》四月《がつ》三十日《にち》。四月《がつ》三十日《にち》がどんな日《ひ》が覚《おぼ》えているひとはいる？　あなたはだまってて、ジョナサン。あなたが知《し》っていることはわかっているから」

ルイスはちょっと考《かんが》えて言《い》った。「そうだ！　霊《れい》がくるちょっとまえに見《み》た新聞《しんぶん》の日付《ひづけ》だ。それに一八五九年《ねん》っていうのは、コインの発行年《はっこうねん》だ」

「それで、わたしは自分《じぶん》の仮説《かせつ》が正《ただ》しいってますます確信《かくしん》したんですよ」ツィマーマン夫人《ふじん》はにやりと笑《わら》った。「ほら、四月《がつ》三十日《にち》っていうのはヴァルプルギスの夜祭《よまつり》の日《ひ》でしょう？　ハロウィーンみたいなもので、その夜《よる》は道楽半分《どうらくはんぶん》に黒魔術《くろまじゅつ》に手《て》を出《だ》している者《もの》にとって貴重《きちょう》な夜《よる》なんですよ。エリパズは妖術《ようじゅつ》に手《て》を出《だ》していたんです。わたしのおじいさんもそう思《おも》ってたんですよ。すくなくとも、あのあたりの農夫《のうふ》たちはみんなそう思《おも》ってたんですよ。わたしのおじいさんもそう思《おも》っていた一人《ひとり》だし」そこまで言《い》うとツィマーマン夫人《ふじん》はだまって、グラスのなかを見《み》つめた。

「わかる？」ツィマーマン夫人《ふじん》はゆっくりと言《い》った。「そのころ農場《のうじょう》で暮《く》らすっていうのは、おそろしく寂《さび》しいことだったにちがいないんですよ。テレビもない、ラジオもない、町《まち》へ映画《えいが》を見《み》にいくための車《くるま》もない。そもそも映画自体《えいがじたい》がなかったんですから。農夫《のうふ》たちは冬《ふゆ》ごもりしていたようなもんですよ。聖書《せいしょ》を読《よ》んでいた者《もの》もいれば、別《べつ》の本《ほん》を読《よ》んでいた者《もの》もいた……」

「ツィマーマン夫人《ふじん》も、おなじような別《べつ》の本《ほん》を読《よ》んでるじゃない？」ローズ・リタはおびえたようにささやいた。

ツィマーマン夫人《ふじん》はローズ・リタに怒《おこ》った顔《かお》を向《む》けた。「ええ、そのとおりですよ。でもわたしがそういう本《ほん》を読《よ》んでいるのは、なにかおそろしいことが起《お》こったときどうすればいいか知《し》っておくためです。あなたもその目《め》で見《み》たように、そうしたおそろしい本《ほん》のことを知《し》っているだけじゃだめなときもありますけどね。特《とく》に、相手《あいて》が強《つよ》いときは」

「話《はなし》がずれてきてるよ、フローレンス」ジョナサンが口《くち》をはさんだ。「つまり、エリパズじいさんは魔法使《まほうつか》いだったわけだ。ウォルターが突然入《とつぜんはい》ってきたとき、じいさんは例《れい》の魔《ま》法《ほう》のお守《まも》りを作《つく》っていたというわけかい？」

「ええ。ウォルターはきっと一日《いちにち》の重労働《じゅうろうどう》のあとで、かみタバコをかむかウィスキーを一杯《ぱい》ひっかけて入《はい》ってきたんでしょうね。そうしたらそこで、エリパズが小《ちい》さな銀貨《ぎんか》に怪《あや》しげな魔術《まじゅつ》をかけていたってわけですよ。例《れい》の三セントコインにね。そう、だれもが自分《じぶん》の問題《もんだい》をすべて解決《かいけつ》してくれるような魔法《まほう》の道具《どうぐ》がほしいって夢見《ゆめみ》てますよ。その場《ば》にいたのは二人《ふたり》だけ、そしておそらくウォルターのほうがはるかに強《つよ》かった。ウォルターはエリパズの頭《あたま》を殴《なぐ》って、家《いえ》に火《ひ》をつけて逃《に》げた。お守《まも》りを持《も》ってね。それから、きっとニュー・ゼベダイをうろうろしているのはまずいと思《おも》ったんでしょう。ウォルターは軍《ぐん》に入《はい》ったんですよ。そして南北戦争《なんぼくせんそう》が起《お》こり、バーナヴェルトのおじいさんと出会《であ》った。あとは知《し》っているでしょう」

ルイスは合点《がてん》がいかないようだった。「どうしてエリなんとかじいさんの霊《れい》はぼくをねらったの？　ぼくがお守《まも》りを盗《ぬす》んだと思《おも》ったのかな？」

「そうじゃないわ」ツィマーマン夫人《ふじん》は言《い》った。「お守《まも》りには、深《ふか》いところから霊《れい》を呼《よ》びだす力《ちから》があるはずなのよ。エリパズ・モスの命令《めいれい》に従《したが》う霊《れい》をね。邪悪《じゃあく》な霊《れい》に手《て》を出《だ》すときは、注意《ちゅうい》しなくちゃいけないんですよ。わたしが思《おも》うに、エリパズはコインに魔法《まほう》をかけおわるまえにじゃまされた。そのせいで、なにかがねじれてしまった。ケーキを作《つく》っているときに間違《まちが》った材料《ざいりょう》を入《い》れてしまったようにね。そしてエリパズの霊《れい》が——幽霊《ゆうれい》でも魂《たましい》でもなんでもいいけれど――ルイスがわたしの本《ほん》の呪文《じゅもん》を唱《とな》えたとき呼《よ》びだされた」

ルイスは身震《みぶる》いした。「ぼくがやつを呼《よ》びだしたってこと？　灰《はい》のにおいがする幽霊《ゆうれい》を？」

ツイマーマン夫人《ふじん》はうなずいた。「まさにね。あなたが唱《とな》えた呪文《じゅもん》はわたしたち本職《ほんしょく》の魔法使《まほうつか》いが目覚《めざ》めと所有《しょゆう》の呪文《じゅもん》と呼《よ》んでいるものなの。第一《だいいち》に、あなたは眠《ねむ》っていた霊《れい》を、つまり、お守《まも》りにとりついていた霊《れい》を呼《よ》びさました。エリパズの霊《れい》ね。お守《まも》りは呪文《じゅもん》が唱《とな》えられるまではなにもできなかった。ウォルターがお守《まも》りをどうにも使《つか》えなかったのは、そのせいよ。だからこそ、たとえいやいやでも、ポーカーの賭《か》けに出《だ》す気《き》になったんでしょう。バーナヴェルトのおじいさんが四十年間《ねんかん》もコインを胴《どう》まきに入《い》れていてもなんの影響《えいきょう》も受《う》けなかったのも、おなじよ」

「でも、ちょっと待《ま》って」ローズ・リタが言《い》った。「わたしはルイスが霊《れい》を起《お》こしたあとコインを持《も》ってたわ。なのになんでわたしにはなにも起《お》こらなかったの？」

「最後《さいご》まで話《はな》させてくれれば、教《おし》えてあげますよ」ツイマーマン夫人《ふじん》は辛抱強《しんぼうづよ》く言《い》った。「わたしは、呪文《じゅもん》は目覚《めざ》めと所有《しょゆう》の呪文《じゅもん》だって言《い》ったんですよ。ルイスはお守《まも》りの霊《れい》を呼《よ》びさましただけじゃなくて、自分《じぶん》のものにしたんです。自分《じぶん》だけのね。ほかの人《ひと》はだれもお守《まも》りを使《つか》うことはできなくなった。もちろん力《ちから》づくでルイスからお守《まも》りをとることはできる。じっさいそうだったようにね。でも、使《つか》うことはできない。永遠《えいえん》にルイスのものだから。お守《まも》りが滅《ほろ》ぼされるまではね。あなたが意識《いしき》してたかどうかは知《し》りませんけどね、ローズ・リタ、あなたはお守《まも》りを井戸《いど》に落《お》としたときに、お守《まも》りにかけられていた魔法《まほう》の力《ちから》をすべて失《うしな》わせたんですよ。水《みず》には浄化《じょうか》の作用《さよう》がある。再生《さいせい》の力《ちから》がね。水《みず》は呪《のろ》いをすべて洗《あら》いながした。流《なが》れている水《みず》が一番力《いちばんちから》が強《つよ》いけれど、古《ふる》くから溜《た》まっていたよい井戸水《いどみず》も効《き》き目《め》はあるんですよ。だから暗《くら》い影《かげ》は消《き》えたんです。そして魔法《まほう》は終《お》わった」

「でもぼくはまだ、どうしてなんとかじいさんの霊《れい》がぼくをねらったのかわからない」ルイスは言《い》った。

ツィマーマン夫人《ふじん》はため息《いき》をついた。「そう、それも想像《そうぞう》するしかないわ。エリパズは魔力《まりょく》のあるお守《まも》りを作《つく》ろうとしていた。霊《れい》を――たいていは邪悪《じゃあく》なものだけど――呼《よ》びだすのに使《つか》うお守《まも》りをね。霊《れい》はお守《まも》りの持《も》ち主《ぬし》にすばらしい力《ちから》を授《さず》けることができる。シモン・マグスも魔法《まほう》のお守《まも》りを持《も》っていた。マグスは空《そら》を飛《と》んだり、姿《すがた》を消《け》すことができたと言《い》われているわ」

「けんかに勝《か》つことも？」ルイスはかぼそい声《こえ》できいた。

ツィマーマン夫人《ふじん》はくすくす笑《わら》った。「ええ、できますよ。エリパズの霊《れい》がウッディとのけんかであなたを勝《か》たせてくれたんです。エリパズは自分《じぶん》の作《つく》ったお守《まも》りの霊《れい》としてずっと閉《と》じ込《こ》められていた。びんに入《はい》った魔神《まじん》のようにね。わかるでしょう？　そう、だからエリパズは決《き》まりに従《したが》った。あなたが彼《かれ》を呼《よ》びだし、エリパズはあなたに力《ちから》を授《さず》けた。けれども徐々《じょじょ》に、エリパズの霊《れい》はこの世《よ》で形《かたち》を持《も》てるようになってきた。最初《さいしょ》は自分《じぶん》がくることを知《し》らせることしかできなかった。はがきやらなんやらでね。でもとうとう、形《かたち》を得《え》た。あなたが街灯《がいとう》の下《した》や、メイソニックテンプルのアーチの陰《かげ》で見《み》たものよ。そう、ルイス。もしあなたが魔法使《まほうつか》いだったら、なんの問題《もんだい》もなかった。霊《れい》を手《て》なづけることができたでしょうからね。エリパズを命令《めいれい》に従《したが》わせることができた。でもあなたはただの男《おとこ》の子《こ》で、自分《じぶん》がやっていることもわかっていなかった。だからエリパズは立場《たちば》を逆転《ぎゃくてん》させようと考《かんが》えた。あなたを自分《じぶん》の、自分《じぶん》の住《す》みかにつれていこうとしたのよ」ツィマーマン夫《ふ》人《じん》はぶるっと震《ふる》えて、しゃべるのをやめた。そしてじっと炎《ほのお》を見《み》つめた。井戸《いど》とその底《そこ》にあるもののことを考《かんが》えていたのだ。

みんな静《しず》まりかえってすわっていた。一瞬《いっしゅん》、クリスマスパーティはひどく陰気《いんき》なものになってしまいそうに思《おも》えた。そのとき、ジョナサンが大《おお》きく咳払《せきばら》いをして、今日《きょう》がルイスにとってのクリスマスなら、みんなにとっても今日《きょう》がクリスマスだ、と宣言《せんげん》した。

「ってことは、みんなプレゼントを開《あ》けられるってこと？」ローズ・リタが興奮《こうふん》してきいた。

ジョナサンはうなずいた。「まさにそういうことさ。さあ、はじめよう！」

まもなく書斎《しょさい》の床《ゆか》は色《いろ》とりどりの包《つつ》み紙《がみ》の海《うみ》と化《か》した。ツィマーマン夫人《ふじん》は、エリパズ・モスの霊《れい》との戦《たたか》いで折《お》れてしまったかさのかわりに新《あたら》しいかさを手《て》に入《い》れた。新《あたら》しいかさには魔法《まほう》はかかっていなかったけれど、さっそく呪文《じゅもん》をかけることにしますよ、とツィマーマン夫人《ふじん》は言《い》った。ジョナサンはいつものタバコの葉《は》を七、八ポンドと、龍《りゅう》の形《かたち》に彫《ほ》られた海泡石《ミアシャム》のパイプをもらった。龍《りゅう》の鼻《はな》と口《くち》から煙《けむり》が出《で》るようになっている。ローズ・リタはソフトボールのミットとデトロイト・タイガースのホームゲームのシーズンチケットだった。ジョナサンとツィマーマン夫人《ふじん》は二人《ふたり》とも野球《やきゅう》が大好《だいす》きで、タイガースファンのジョナサンとホワイトソックスファンのツィマーマン夫人《ふじん》はいつもけんかしていた。来年《らいねん》のシーズンに、今《いま》この部屋《へや》にいる四人《にん》で何度《なんど》観戦《かんせん》にいけるだろうと思《おも》うだけで、ジョナサンはうれしさのあまり顔《かお》がほころんだ。ローズ・リタがみんなを連《つ》れていくのだ。チケットの持《も》ち主《ぬし》なんだから。

パーティは何時間《なんじかん》も続《つづ》いたが、しまいにはみんな疲《つか》れて目《め》を開《あ》けているのもやっとになった。ローズ・リタとツィマーマン夫人《ふじん》は自分《じぶん》の家《いえ》に帰《かえ》り、あとの二人《ふたり》は体《からだ》を引《ひ》きずるようにして寝《ね》にいった。

それから何日《なんにち》かたったある日《ひ》、ルイスは玄関《げんかん》ホールできつくなったながぐつをむりやりひっぱってはこうとしていた。すると突然《とつぜん》郵便《ゆうびん》受《う》けがカタンと鳴《な》って、つるつるした白《しろ》い封筒《ふうとう》が玄関《げんかん》マットのうえに落《お》ちた。最初《さいしょ》、ルイスはぎょっとした。それから少《すこ》し落《お》ちつくと、そろそろとドアのほうへいって、封筒《ふうとう》を拾《ひろ》いあげた。ルイスは笑《わら》いだした。それはチャールズ・アトラスのパンフレットだった。

訳者《やくしゃ》あとがき

日本語版初版《にほんごばんしょはん》によせて（二〇〇一年《ねん》八月《がつ》）

本書《ほんしょ》『闇《やみ》にひそむ影《かげ》 *The Figure in the Shadows* 1975』は、ベストセラーとなった『壁《かべ》のなかの時計《とけい》』に続《つづ》く、《ルイスと魔法使《まほうつか》い協会《きょうかい》》シリーズ第《だい》二作《さく》です。一作目《さくめ》と同様《どうよう》、太《ふと》っていて気弱《きよわ》な孤児《こじ》のルイス少年《しょうねん》、ルイスが身《み》をよせている魔法使《まほうつか》いのジョナサンおじ、ジョナサンの隣人《りんじん》でやはり魔女《まじょ》（といっても、黒帽子《くろぼうし》に黒《くろ》マントの悪《わる》い魔女《まじょ》ではなく、親《した》しみやすい親切《しんせつ》な魔女《まじょ》の）ツィマーマン夫人《ふじん》が、おなじみとなったハイストリート一〇〇《ひゃく》番地《ばんち》にあるジョナサンの大《おお》きな古《ふる》い屋敷《やしき》を舞台《ぶたい》に大活躍《だいかつやく》します。さらに今回《こんかい》は、ローズ・リタというルイスの同級生《どうきゅうせい》で、スポーツ万能《ばんのう》の気《き》の強《つよ》い少女《しょうじょ》が新《あたら》しくメンバーにくわわります。いっけん、なにもかもルイスと正反対《せいはんたい》に見《み》えるローズ・リタですが、古代《こだい》や中世《ちゅうせい》の戦争《せんそう》や乗《の》り物《もの》に興味《きょうみ》を持《も》っているという共通点《きょうつうてん》があったことから、二人《ふたり》はあっというまに親友《しんゆう》どうしになります。おおらかでちょっとおっちょこちょいのジョナサン、いつも冷静《れいせい》で皮肉屋《ひにくや》だけれど、本当《ほんとう》はとてもあたたかい心《こころ》の持《も》ち主《ぬし》のツィマーマン夫人《ふじん》も相変《あいか》わらずです。

ルイスは、ジョナサンからひいおじいさんが持《も》っていたというお守《まも》りのコインをもらいます。いつもいじめられてばかりのルイスは、このコインが、古代《こだい》の王《おう》を勝利《しょうり》へ導《みちび》き、偉大《いだい》な魔法使《まほうつか》いに魔力《まりょく》を授《さず》けたと言《い》われている魔法《まほう》のお守《まも》りのように、自分《じぶん》に力《ちから》と勇気《ゆうき》を与《あた》えてくれることを願《ねが》いますが、ドイツの大学《だいがく》で魔術博士号《まじゅつはくしごう》まで取《と》った魔法《まほう》の専門家《せんもんか》ツィマーマン夫人《ふじん》は、コインに魔力《まりょく》はないと断言《だんげん》します。しかし、コインを持《も》ちはじめたときから、ルイスの身《み》の回《まわ》りに不思議《ふしぎ》な出来事《できごと》が起《お》こるようになります。偶然《ぐうぜん》でしょうか？　それともやはりコインは魔法《まほう》のコインなのでしょうか？　それもわからないまま、ルイスは恐《おそ》ろしい敵《てき》――闇《やみ》にひそむ影《かげ》と対決《たいけつ》することになります。

第《だい》一作《さく》のあとがきで申《もう》しあげたとおり、作者《さくしゃ》ジョン・ベレアーズは、ゴシック・ファンタジーの名手《めいしゅ》として広《ひろ》くその名前《なまえ》を知《し》られています。本作品《ほんさくひん》でもその才能《さいのう》はいかんなく発揮《はっき》され、霊《れい》の宿《やど》ったお守《まも》りや、おそろしいメッセージを伝《つた》える手紙《てがみ》、古井戸《ふるいど》など、非現実《ひげんじつ》世界《せかい》の雰囲気《ふんいき》を感《かん》じさせる小道具《こどうぐ》が巧《たく》みに配置《はいち》され、それこそ古井戸《ふるいど》の底《そこ》をのぞきこむような恐怖《きょうふ》を味《あじ》わわせてくれます。じわじわと形《かたち》をなしてせまってくる黒《くろ》い影《かげ》に、子《こ》どものころの想像《そうぞう》や、もしかしたら大人《おとな》になってからも夜中《よなか》にふっと頭《あたま》をかすめる非論理的《ひろんりてき》な空《くう》想《そう》を思《おも》いだす読者《どくしゃ》も多《おお》いのではないでしょうか。

ベレアーズは、こうした子《こ》どものころの空想《くうそう》や感《かん》じかたを鮮明《せんめい》に覚《おぼ》えている作家《さっか》だったと思《おも》います。そしてそれが、このシリーズのもうひとつの大《おお》きな魅力《みりょく》になっています。主《しゅ》人公《じんこう》のルイスは、太《ふと》めで運動《うんどう》が苦手《にがて》でこわがりです。新《あたら》しい環境《かんきょう》にうまくなじめるか、友《とも》だちができるか不安《ふあん》に感《かん》じたり、強《つよ》くかっこいいヒーローになることを夢見《ゆめみ》たりした経験《けいけん》はだれにでもあるでしょう。ようやくできた友《とも》だちが離《はな》れていかないようにあれこれ画策《かくさく》したり、親《おや》（ルイスの場合《ばあい》はおじさんですが）に見捨《みす》てられてしまうのでないかと本気《ほんき》で心配《しんぱい》したり、ちょっとした誤解《ごかい》で先生《せんせい》に怒《おこ》られたことをいつまでも気《き》に病《や》んだり、友《とも》だちのちょっとした秘密《ひみつ》が異常《いじょう》に気《き》になったり——大人《おとな》は忘《わす》れてしまったようなこの年頃《としごろ》の子《こ》どもの悩《なや》みを、ベレアーズはいきいきと描《えが》いています。

また、物語《ものがたり》の舞台《ぶたい》となるニュー・ゼベダイも、ベレアーズの子《こ》ども時代《じだい》の記憶《きおく》が生《う》みだした町《まち》です。ベレアーズが一九三八年《ねん》に生《う》まれたミシガン州《しゅう》のマーシャルという町《まち》にいくと、一作目《さくめ》で登場《とうじょう》した使《つか》われなくなったオペラハウスや、さまざまに色《いろ》を変《か》える噴水《ふんすい》（本《ほん》書《しょ》ではクリスマスの飾《かざ》りつけがされていました）、そしてハイストリート一〇〇番地《ひゃくばんち》のジョナサンの屋敷《やしき》と、となりに寄《よ》りそうように建《た》つツィマーマン夫人《ふじん》の家《いえ》まで見《み》ることができます。物語《ものがたり》に出《で》てくるルイスの読《よ》んでいる漫画《まんが》や、ローズ・リタの口《くち》ずさむコマーシャル・ソング、二人《ふたり》の食《た》べるおかしなども、実際《じっさい》に作者《さくしゃ》が子《こ》どものころ目《め》にしたり、口《くち》にしたりしたものにちがいありません。ただ架空《かくう》の要素《ようそ》を切《き》りばりしただけでなく、こうした実在《じつざい》のモデルの存在《そんざい》が、ベレアーズの世界《せかい》をより強固《きょうこ》な印象深《いんしょうぶか》いものにしているのです。

そんなところが、この作品《さくひん》を親《おや》から子《こ》へと読《よ》みつがれる人気《にんき》シリーズとしているのでしょう。実際《じっさい》、発売当時《はつばいとうじ》、各書評誌《かくしょひょうし》がとりあげ絶賛《ぜっさん》したのはもちろん、今《いま》でも、オンフイン書店《しょてん》アマゾンなどのサイトにぞくぞくと感想《かんそう》が寄《よ》せられています。ベレアーズは三作目《さくめ》

『手紙《てがみ》と魔女《まじょ》と魔法《まほう》の指輪《ゆびわ》The Letter, the Witch, and the Ring 1976』（仮題《かだい》）を発表《はっぴょう》し、一九九一年《ねん》に亡《な》くなりましたが、その後《ご》ベレアーズの息子《むすこ》のたっての願《ねが》いもあり、ベレアーズの大《だい》ファンであり、スター・トレックのヤング・アダルトものなどで人気《にんき》のブラッド・ストリックランドが、シリーズの四作目《さくめ》以降《いこう》を書《か》きつぐことになりました。ベレアーズがのこした膨大《ぼうだい》な原稿《げんこう》をもとに生《う》みだされたストリックランドの作品《さくひん》もまた、ルイスたちの物語《ものがたり》を待《ま》ちこがれていたファンたちから熱狂的《ねっきょうてき》に受《う》けいれられました。そして最初《さいしょ》の作品《さくひん》が発売《はつばい》されてから三十年近《ねんちか》くたった現在《げんざい》でも、相変《あいか》わらず多《おお》くの子《こ》どもたち、そして大人《おとな》たちにも読《よ》みつづけられているのです。

三作目《さくめ》では、魔法《まほう》の世界《せかい》に足《あし》を踏《ふ》み入《い》れたローズ・リタと、変《か》わらず理知的《りちてき》で優《やさ》しいツィマーマン夫人《ふじん》が、魔法《まほう》の指輪《ゆびわ》をめぐる大冒険《だいぼうけん》に乗《の》りだすことになります。舞台《ぶたい》はニュー・ゼベダイをいっときはなれ、ツィマーマン夫人《ふじん》がひょんなことから相続《そうぞく》することになったミシガン州南部《しゅうなんぶ》のロワー・ペニンシュラの農場《のうじょう》に移《うつ》ります。だれもいない荒《あ》れはてた農場《のうじょう》で、なにが二人《ふたり》を待《ま》ちうけているのでしょうか？　だんだんと成長《せいちょう》していくルイスとローズ・リタ、そしてその二人《ふたり》をいつもあたたかい目《め》で見守《みまも》るジョナサンとツィマーマン夫人《ふじん》の物語《ものがたり》を、これからもみなさんが楽《たの》しんでいってくださいますよう、祈《いの》っています。

文庫版《ぶんこばん》によせて（二〇一八年《ねん》九月《がつ》）

今回《こんかい》、文庫化《ぶんこか》するにあたり、本作《ほんさく》を読《よ》み直《なお》しましたが、著者《ちょしゃ》ベレアーズの物語《ものがたり》がちっとも古《ふる》びていないことに改《あらた》めておどろきを感《かん》じました。原作《げんさく》がアメリカで出版《しゅっぱん》されたのは一九七五年《ねん》。ちょうどアメリカではフェミニズム運動《うんどう》が第《だい》二波《は》から第《だい》三波《ぱ》へと変化《へんか》していった時期《じき》にあたります。二巻《かん》から、物語《ものがたり》の常連《じょうれん》となるローズ・リタは、校則《こうそく》で女子《じょし》はスカートと決《き》められている学校《がっこう》に通《かよ》っていますが、家《いえ》に帰《かえ》るとすぐにジーンズに着替《きが》える活発《かっぱつ》な女《おんな》の子《こ》です。運動《うんどう》は大《だい》の得意《とくい》ですが、お世辞《せじ》にも運動《うんどう》がうまいとは言《い》えないルイスの良《よ》さをちゃんと見抜《みぬ》いて親友《しんゆう》になり、なにかと彼《かれ》の力《ちから》になります。

一方《いっぽう》のルイスは、心優《こころやさ》しく、歴史《れきし》に興味《きょうみ》を持《も》っている男《おとこ》の子《こ》ですが、自分《じぶん》が「男《おとこ》らしく」ないことに悩《なや》んでいます。けんかに強《つよ》くなりたいと願《ねが》ったり、筋肉隆々《きんにくりゅうりゅう》になれるという怪《あや》しげな広告《こうこく》に手《て》を出《だ》したり。「男《おとこ》の子《こ》っていうのは女《おんな》の子《こ》を守《まも》るもので、逆《ぎゃく》ではいけない」（18ページ）という固定概念《こていがいねん》に縛《しば》られ、結果《けっか》、無理《むり》に強《つよ》がって、おそろしい霊《れい》を呼《よ》び出《だ》してしまうのです。

三巻《かん》では、今度《こんど》はローズ・リタが「女《おんな》の子《こ》らしさ」について悩《なや》むことになります。そんなローズ・リタに、「その時代《じだい》にしてはめずらしく、女性《じょせい》なのにタバコを吸《す》っている」と描写《びょうしゃ》されるツィマーマン夫人《ふじん》がそっと寄《よ》り添《そ》うようすが描《えが》かれます。ぜひ楽《たの》しみにしていてください。

これからも、本《ほん》シリーズをどうぞよろしくお願《ねが》いいたします。

三辺律子《さんべりつこ》

本書は、
二〇〇一年八月アーティストハウスから刊行された「ルイスと魔法使い協会」第2巻『闇にひそむ影』を、静山社ペガサス文庫のために改題・再編集したものです。

ジョン・ベレアーズ 作

『霜のなかの顔』(ハヤカワ文庫FT)など、ゴシックファンタジーの名手として知られる。1973年に発表した『ルイスと不思議の時計』にはじまるシリーズで、一躍ベストセラー作家となる。同シリーズは、"ユーモアと不気味さの絶妙なバランス""魔法に関する小道具を卓妙に配した、オリジナリティあふれるストーリー"と絶賛され、作者の逝去後は、SF作家ブラッド・ストリックランドによって書き継がれた。

三辺律子《さんべりつこ》 訳

東京生まれ。英米文学翻訳家。聖心女子大学英語英文学科卒業。白百合女子大学大学院児童文化学科修士課程修了。主な訳書に『龍のすむ家』(竹書房)、『モンタギューおじさんの怖い話』(理論社)、『インディゴ・ドラゴン号の冒険』(評論社)、『レジェンド―伝説の闘士ジューン&デイー』(新潮社)など多数。

静山社ペガサス文庫

ルイスと不思議の時計 2
闇《やみ》にひそむ影《かげ》

2018年10月11日　初版発行

作者　ジョン・ベレアーズ
訳者　三辺律子
発行者　松岡佑子
発行所　株式会社静山社
〒102-0073 東京都千代田区九段北1-15-15
電話・営業 03-5210-7221
https://www.sayzansha.com
装画　まめふく
装丁　田中久子
印刷・製本　図書印刷株式会社

© Ritsuko Sambe　ISBN 978-4-86389-467-9　Printed in Japan
Published by Say-zan-sha Publications Ltd.

「静山社《せいざんしゃ》ペガサス文庫《ぶんこ》」創刊《そうかん》のことば

小《ちい》さくてもきらりと光《ひか》る、星《ほし》のような物語《ものがたり》を届《とど》けたい——一九七九年《ねん》の創業以来《そうぎょういらい》、静山社《せいざんしゃ》が抱《いだ》き続《つづ》けてきた願《ねが》いをこめて、少年少女《しょうねんしょうじょ》のための文庫《ぶんこ》「静山社《せいざんしゃ》ペガサス文庫《ぶんこ》」を創刊《そうかん》します。

読書《どくしょ》は、みなさんの心《こころ》に眠《ねむ》っている想像《そうぞう》の羽《はね》を広《ひろ》げ、未知《みち》の世界《せかい》へいざないます。読書体験《どくしょたいけん》をとおしてつちかわれた想像力《そうぞうりょく》は、楽《たの》しいとき、苦《くる》しいとき、悲《かな》しいとき、どんなときにも、みなさんに勇気《ゆうき》を与《あた》えてくれるでしょう。

ギリシャ神話《しんわ》に登場《とうじょう》する天馬《てんま》・ペガサスのように、大《おお》きなつばさとたくましい足《あし》、しなやかな心《こころ》で、みなさんが物語《ものがたり》の世界《せかい》を、自由《じゆう》にかけまわってくださることを願っています。

二〇一四年《ねん》

静《せい》山《ざん》社《しゃ》